GOBOOKS
& SITAK
GROUP©

GOBOOKS
& SITAK
GROUP©

三日月書版

三日月書版

瀝青——著
吉茶——繪
生前調查報告
放學後特別社課 上
三日月書版
輕世代 FW393

生前調查報告

放學後特別社課 上

第一章

世人眼中的孤獨（一）

位於高雄某個市區的家家飯館，是一間老字號的便當店，價格實惠、份量十足，每到用餐時間客人總是絡繹不絕。

這是已經是大三生的吳梓弄再熟悉不過的情景。身為吳家長子，從出生起幾乎每天都會來店裡的程度，到一開始只是個端菜小童工，直到長大後能支援各種雜務，切菜、炒菜、結帳都不是問題。在這個再普通不過的週日晚上，也是如此。

「哇——今天生意真好，好到白飯差點不夠還得另外叫啊。」今天負責支援盛白飯的吳梓弄，剛忙過高峰時間，一股倦意正慢慢席捲全身。

身為飯館主廚兼老闆的吳爸爸，端出今天最後一批料理後，慢慢來到吳梓弄身邊說道：「兒子啊，我包好今天的便當，你直接拿去三樓。等一下讓我們來顧店就好，你可以休息了。」

「喔。」身材比老爸高大許多的吳梓弄，因為精神鬆懈下來，整個人已經呈現恍惚狀態，直到看到爸爸在餐盒內放上店內價位最高的鱈魚，瞬間清醒。

「等、等等等！爸，你收人家每天半價的晚餐錢，每次給的菜色也太好？昨天炸雞腿就算了，今天是鱈魚哎！」吳梓弄心裡壓抑不住嫉妒，就算身為飯館老闆兒子的他，自己挑菜都不敢這麼招搖。

「等一下就要收攤了，沒客人買也是我們自己吃，又沒關係。」吳爸爸無視他的抱怨，繼續在餐盒裡放上各種菜色。

吳梓弄默默看著老人家開心地盛裝便當後包裝，直到接過手，他偷偷掂掂重量，估算出今天的晚餐便當起碼要賣一百五十塊。

「好啦！記得拿碗紫菜湯，快送去三樓給那個弟弟吃，別讓他餓到了。」吳爸爸催促吳梓弄趕快上樓。

「他才不會餓到，照你這種餵法，他遲早會腫到出不了房門啦。」吳梓弄沒好氣地瞪了老爸一眼，這才捧著便當盒上樓。

他的工作是將便當送到三樓租客手中。

家家飯館是吳家自宅，一棟屋齡四十年的三樓透天。原本二、三樓是他們一家四口的生活空間，現在妹妹在外地念書已經搬出去獨立生活，而雙親靠著長年打拚存下的一筆錢，買下一戶距離飯館三十分鐘，前幾年剛蓋好的三房兩廳大樓住家。

比起這棟曾祖父留下的老透天，雙親更著迷新房子的設備與環境。吳梓弄則嫌搬家麻煩，加上雙親搬走後整個二樓空間都歸自己使用，所以並沒有跟著遷過去。

至於三樓就這樣空著好一段時間，直到數個月前吳爸爸心血來潮大掃除時，覺得空蕩蕩的三樓放著可惜，於是決定出租。一來可以收房租補貼新家的貸款，二來家家飯館的位置很好，附近生活機能齊全，他認為就算一樓整日都是油煙，還是能租出去。

想到這件事，吳梓弄就特別想抱怨他老爸。因為一樓是飯館的關係，環境條件比普通住宅還要來得複雜些，加上吳爸爸天生內建佛心特質，開出來的租金非常低廉，一度被懷疑是有問題的房子，加上過於老舊還一度登上社群網站遭到嘲笑。

儘管如此，擁有獨立衛浴設備、一房一廳的格局，加上比行情低許多的租金，還是很快就租出去了。獨自快活過日子好一段時間的吳梓弄，不得不接受這個家有另一個住戶。

雖然兩人住在不同樓層互不打擾，但他還是很難忽略這位租客，甚至關係有些密切……就在想著這些零碎瑣事時，吳梓弄已經來到三樓房門口。

「哈囉米栗，我送今天的晚餐過來了。」吳梓弄毫不客氣地敲了好幾下門，卻換來長達十幾秒的寂靜，接著他更不客氣地再用力敲了好幾下，那扇門才緩緩被推開。

門後探出張缺乏日晒的清秀少年臉龐，一副睡眠不足的樣子，雙眼下面的青黑尤其明顯。

「敲門可以小聲點嗎……」少年瞇著眼，一副剛睡醒的嘶啞嗓音。

「不是吧……你又熬夜了？」吳梓弄拎著便當袋直接進去，看著堆滿四周的資料夾與便條紙，不過整體來看房間不算亂，是有被好好分類區分過的繁雜感。

少年睡覺的床鋪在靠牆位置，上頭有著被扭得亂七八糟的灰色被子、歪斜的枕頭。吳梓弄挑眉靠近伸手一摸，果然還殘留一股溫度。

「你這樣作息太亂，對身體真的不好。」吳梓弄像個老媽，熟練地抽出床底下的矮桌與坐墊，在書桌與床鋪之間整理出用餐空間，甚至還幫他擺盤放餐具。

體格單薄的米栗站在他身後，毫無怨言地看著他任意挪動自己的私人物品。

「好了，快過來吃飯吧。」一切就緒後，吳梓弄直接在矮桌邊盤腿而坐，少年則為難地在對面採取同樣的坐姿。

「你今天……也要這樣盯著我吃嗎？」

「當然，免得沒吃浪費，之前每次幫你收廚餘都剩菜太多。你連三餐都這麼不正常，我要盯緊一點。」

「就那次而已啊……」米栗慢慢打開便當盒蓋，看著裡頭爆滿的菜色，表情更加痛苦了，「啊……吳伯伯給的菜也太多了，我明明說一餐預算在七十塊以內就好。」

「你就是看起來瘦不啦嘰的，我爸才會裝這麼多。對了，他有交代以後每頓只收五十就好，用月結跟房租一起收。」

「喔……那可以幫我跟吳伯伯說不要這麼多嗎？」米栗在吳梓弄嚴厲的目光下夾起菜慢慢吃。主菜油煎鱈魚的嫩度剛剛好，讓他忍不住多夾幾口。

「說過了，但我爸就是擔心你沒吃飽，我無力阻止。」吳梓弄看著米栗吃飯的動作，雖然他慢吞吞的樣子令人有些不耐煩，但幾日下來也漸漸習慣了。

「不過今天的菜很好吃，這個洋蔥炒蛋味道很棒。」米栗對於喜歡吃的菜色就會多吃幾口的反應，讓吳梓弄稍微安心一些。

「要不是有看到你吃飯，真懷疑你根本是喝水吸空氣過日子，明明都高二了，看起來卻還像個國中生，多吃點飯才能長高。」見他吞嚥有些不順暢，吳梓弄貼心地替他打開湯碗，連忙示意快喝。

「謝了……」

米粟乖巧地喝下湯。就算吳梓弄在面前，他還是維持一貫毫無情緒起伏的態度，就連說話也沒什麼感情，讓人有種疏離感。

因為米粟這副冷淡沉默的模樣，加上剛搬來打招呼時，就要求吳梓弄稱呼自己「米粟」，讓吳梓弄最初不太喜歡他。吳梓弄不是不知道米粟的本名，面對這種要求難免感到困惑，追問之下才曉得少年比較喜歡用暱稱，至於原因則無從得知。

由於一開始印象不太好，吳梓弄打定主意與這個年輕租客的往來能免則免，反正收租是吳爸爸負責，他只要管好整棟老透天乾淨整潔就好。

然而自從米粟向吳爸爸訂餐後，事情就有了一些轉變。吳家察覺到一個十六歲孩子獨自在外租屋、自己處理吃穿，幾乎沒看過家人出入陪伴，是件很可疑的事情。

吳梓弄顧及他人隱私，完全不過問米粟的私事，而吳爸爸在兒子再三告誡下，也忍住了打探的想法，但卻對米粟有諸多想像，覺得他是個讓人同情的孩子。所以當米粟提出向家家飯館以月訂方式解決吃飯時，吳爸爸簡直當作慈善事業看待，甚至連週末假日的午餐也包辦。

負責送飯的吳梓弄就這樣跟米粟建立起交流，相處幾週下來發現，這個孩子只是安靜了點，除此之外並沒有造成多大麻煩。唯一讓他看不順眼的地方，就是米粟除了上學以外幾乎不出門，補充生活必需品都採網購或外送。

於是吳梓弄不知不覺也對米粟充滿各種關心，不是特別熱情的那種，頂多定期送餐時關懷個幾句。理由很簡單，他怕米粟出了什麼意外沒人察覺。說起來可能是杞人憂天，但看米粟這麼弱不禁風的樣子，總覺得必須特別注意才行。

「梓弄哥，我真的吃不下了，這些給你吧？」米粟吃掉約六成的便當，摸著肚子難受地說道。

吳梓弄見他也很努力吃了，輕輕頷首拿過便當把剩下的飯菜吃完，畢竟老爸的確放太多菜，連他都沒把握吃得完。吳梓弄吃掉剩下的鱈魚，目光銳利地瞪著米粟警告：「對了，這週三的社團活動你可不能再遲到，否則我跟你班導說。」

「好。」米粟疲憊地嘆口氣，一邊看著對方吃飯忍不住抱怨：「本來以為可以爽爽休息的社團時間，怎麼這麼剛好你是指導老師呢……」

「大概是上天派我來盯你要乖乖做好學生本分啦。」吳梓弄抹抹嘴將便當盒收拾乾淨，看米粟一臉委屈的樣子，便從袋子裡拿出一小瓶今天的配菜飲料，「給你，今天是柳橙汁，當點心。」

米粟顯然喜歡零食和甜品，他看到那瓶紙盒裝的柳橙汁時嘴角微微上揚，眼神也不再那麼委屈，更在吳梓弄的注視下把飲料喝完。

「今天也謝謝你們一家的關照。」米粟彎身行禮，語氣平淡。如果是外人會覺得他沒禮貌，相處一段時間的吳梓弄已經習以為常。

「好啦，我幫你把今天的垃圾拿下去丟。記得明天晚上六點以前把垃圾集中到二樓樓梯，不要堆積，要保持乾淨。」吳梓弄像個熱心的媽媽，手腳俐落地收拾桌面將一切恢復原狀。

每當吳梓弄把小桌子塞回縫隙裡時，總忍不住多看靠牆那面白板幾眼，這也是他最在意的事情。白板上全都是鬧出人命的社會新聞影本，有從網路上列印下來，也有從報紙上裁剪下來的，而且固定一陣子白板上的資料就會更換，顯示米粟定期在收集這些資料。

吳梓弄忍不住好奇，米粟這傢伙收集這種東西做什麼呢？難道是對這類的事情有興趣？但如果是單純對社會事件有興趣，這麼仔細收集整理也未免過於用心？

他一直無法替諸多疑問找到合理的解釋，不過似乎也不好繼續胡亂猜測。吳梓弄搖搖頭又想著，就當作是米粟的興趣就好，反正也沒什麼大問題。

吳梓弄拎著整理成一袋的垃圾來到門口，回過頭說道：「記得週三社團活動要到，就算只來睡覺也沒關係，不過要是睡著我一定會『好心』叫醒你。」

「好啦，你每天都說一樣的話，真讓人疲倦……」米粟無奈地朝他搖手道別，並低聲抱怨。

「怕你忘記所以天天提醒。你的抱怨也真夠直接的，不等我關上門再說嗎？」吳梓弄不禁苦笑問道。

「我就是要讓你聽見。」米粟依然像個機器人一樣搖手向他道別。

因為習慣米粟的作風，吳梓弄沒有生氣反而覺得有趣。雖然想嘮叨叮嚀的事情還有很多，但他也明白適可而止的道理，便揮手向米粟道晚安後帥氣地下樓。

終於再次獨處的米粟，像隻貓似地鬆口氣卸下警戒，望著剛剛睡前關上的筆電，伸手揉揉臉驅散睡意。

「好，繼續……」米粟坐回椅子上再次打開電腦輸入密碼，忙起剛才未完成的工作。

週三下午是市立上耘高中的社團活動時間，一共有兩堂課，是忙於課業的學生們能獲得一絲放鬆的時光。米粟報名的社團叫「音樂鑑賞之美社」，相較於運動競賽類社團，這個社團性質就跟養老院差不多。

由於這門社課很輕鬆，是連偶像演唱會也能拿出來討論的悠閒時間，向來很快就被搶完名額。米粟從高一開始最認真的時刻就是報名社課，每學期都順利搶到名額。

然而自從升上二年級之後，一切就有了重大轉變，原本的社團指導老師退休，學校找來新的指導老師。據說吳梓弄曾拿過大型音樂創作獎項，符合外聘社團指導老師的資格，所以就讀大三的他可以擔任這個課程的老師，也從此讓社課再也不是那麼輕鬆。

吳梓弄過於認真安排課程，除了鑑賞音樂後得交規定字數的報告，還追加樂器教學課程。他考量到學生的經濟狀況，選擇烏克麗麗作為教學主力，沒想到意外引起學生們的興趣。

米粟倒是覺得真正的原因是吳梓弄夠帥、體格高挑，對女高中生來說大三的他相當成熟迷人，更何況指導烏克麗麗的樣子非常認真專注，聞風而來的人只會更多。

只是這對想偷懶的米粟來說就辛苦了。或許是這個原因，每到週三社團活動時間，他總是拖到最後一秒才抵達教室，今天也是如此。

「宋彤米。」恰好吳梓弄正站在講臺上點名，他看到米粟的本名，立刻抬頭搜尋整間教室一圈，最後在門口看見對方駝著背慢條斯理地進來。

「有——」米粟有氣無力地舉手，果不其然看到吳梓弄瞇起眼不太開心的反應。這是預料中的事，他一點也不在意，大剌剌地挑最後一排的空位坐下。

「宋同學，希望你下次能更早點來，起碼上課鐘響之前就該到。」吳梓弄咬牙說道，心想晚上再來訓話一番。

「是。」米粟輕聲回應，在吳梓弄注視下，他還沒開始上課就感到疲憊了。

「麻煩記得，我不希望每週都要叮嚀。」吳梓弄見他目光空洞的樣子，心裡就一陣氣，多希望這個少年能有精神點。

就在雙方暗潮洶湧下，這週的社課開始了。這週是音樂鑑賞課程，吳梓弄播放一段相當有年代的西洋搖滾演唱會片段，簡短介紹該搖滾樂團，包括時代背景、政治因素等等，聽在米粟耳裡就只有「無聊」二字可以形容。

當然講解結束後，吳梓弄不忘出作業要大家下週交五百字以上的報告，頓時招來滿堂哀嚎。相較之下米粟顯得平靜許多，全都在他意料之內。米粟望著前方的投影布幕，悄悄拿出手機點開記事功能，記下該搖滾樂團的名稱後，就開始做自己的事情。

吳梓弄直到第一堂課快結束，才注意到這傢伙根本從頭到尾都沒看前方，便悄悄來到米粟身後想提醒，卻瞥見他放在桌上的筆記本，以及手機上的網頁搜尋記錄全都是社會事件的相關字眼。更讓吳梓弄感到不安的是，筆記本上還寫下「死」、「情殺」、「失蹤」、「毒害」，這種絕對讓人誤會的詞彙。

吳梓弄就這樣憋著一股疑惑與不安，總算教完這兩堂社課，也代表著上耘高中的放學時間來臨。他收拾好個人物品，迅速來到還在慢吞吞整理書包的米粟身後，以擺明有話要說的口吻問道：「宋形米同學，你放學後還有要去別的地方嗎？」

米粟肩膀一縮，像是受到驚嚇的小貓般防備地回過頭。看到吳梓弄那張別有目的的笑臉，他實在很想開口拒絕，但是對方作為房東家一員，太清楚自己的作息，根本無法逃避。

「沒，沒有。」米粟搖搖頭，起身背上書包。

「那我騎車送你回家，反正順路。」吳梓弄丟下這句話後就往前走，米粟只能默默跟後頭。

來到停車場後，吳梓弄遞出一頂黑色安全帽，帥氣地跨上那臺打工存錢買的打檔車，示意站在一旁意識飄忽的米粟快上車。

「謝謝。」米粟很想自行回家，但還是出聲道謝。

吳梓弄回頭看了一眼，確認米粟有乖乖坐定後，熟練地發動引擎。

就在抵達家家飯館時，吳梓弄終於壓抑不住心中的疑惑問道：「米栗，你應該沒有在幹什麼違法的事吧？」

「啊？如果是指倒垃圾……我承認房間還有一包忘了拿下來。」米栗帶著委屈的眼神解釋，吳梓弄翻了個白眼。

「這哪是什麼違法，等一下記得拿下來，我的意思是你應該是個好人，沒有想犯罪的念頭吧？」吳梓弄小心翼翼地試探，就怕說錯話刺激到米栗。

「如果是這種標準，我算得上是好人吧……」米栗摸不著頭緒，看著他欲言又止的樣子，直接反問：「有什麼事情嗎？問這些幹嘛？」

吳梓弄看看周圍，雖然時間還早，但是家家飯館已經開始營業晚餐時段。他不想引起誤會，拉著米栗往屋子後方的防火巷走。

直到兩人站定後，吳梓弄才開口問道：「剛剛在上課的時候，我發現你查了一些跟『死』和『意外』有關的字眼，加上房間都是社會事件的資料，你收集這些要做什麼？」

「是我現在的兼職……」

「什麼兼職需要找這些啊？你該不會遇到什麼麻煩吧？」吳梓弄不禁皺起

眉，腦中開始想像各種可能性，越發感到不安。

「沒有，就打發時間的兼職，幫人家查點東西。」

「查什麼？」吳梓弄越來越難以理解，對於米粟有所迴避的回答感到懷疑。

「就……興趣使然的兼職。」米粟依然答非所問，這下讓吳梓弄沉不住氣了。

「可以告訴我是什麼兼職嗎？米粟，我只是擔心你。既然你都說不會惹麻煩，讓我知道應該沒關係吧。」

吳梓弄過於認真的眼神讓米粟再也沒藉口閃躲，他別過臉抓抓後頸，用只有兩人才聽得到的音量回答：「……生前調查室。」

「生前……什麼？」吳梓弄對這個詞彙感到陌生，依然皺著眉。

「就是字面上的意思，接受遺族委託，調查委託對象生前的種種。只要委託對象的死亡與犯罪無關，我都會承接。」

「你做這個到底想幹嘛？」吳梓弄越聽越困惑。

「就說是興趣。我覺得說得夠清楚了，你應該可以安心了吧？」

「……稍微。」

「那就好。我要上樓了，你再不快點去幫忙，吳伯伯會罵人喔。」米栗往前探了一眼，飯館的人潮漸漸變多，傳來吵雜忙碌的聲音。

「啊！今天怎麼這麼快就——」吳梓弄跟著往前看，雖然還有很多問題想問，但是此時也只能先放下。

得以脫身的米栗立刻轉身離開，顯然不想再讓吳梓弄有任何追問的機會。

這天的晚餐時段，吳梓弄心不在焉地幫忙，整個腦海都是米栗剛才說的「生前調查室」。終於來到晚上七點送便當上樓的時間，他立刻拿起吳爸爸裝好的晚餐，從沒這麼期待替米栗送飯過。

米栗拒絕不了，只能讓吳梓弄進屋。兩人維持熟悉的對坐模式，米栗為了不說話，展現有史以來最認真吃飯的態度。不過嘴巴長在吳梓弄的臉上，他無法阻止對方問個不停。米栗對於他的提問選擇低頭不理會，一邊想著今天的炸蝦真好吃，番茄炒蛋真好吃——

「為什麼不能告訴我？」吳梓弄一直被忽視，帶著幾分受傷的口吻問道。

米栗抬頭就看到那抹無辜的眼神，一時心軟便說：「我知道梓弄哥你很關心我，但我其實解釋得很清楚了。剩下的細節不方便多透露，希望你尊重我的隱私。」

米粟顯然受不了他咄咄逼人，難得提出嚴厲的要求。吳梓弄不禁愣住，也理解似乎真的干涉過頭了，搔搔臉頰尷尬地答應：「我明白了。」

這頓晚餐就在不怎麼愉快的氣氛下結束，吳梓弄一直到晚上九點幫忙整理完店面後，才回到二樓的生活空間準備休息。他還是很在意米粟說的「生前調查室」，仰頭看著天花板思忖一會，決定拿起手機搜尋。

「你不說我也有辦法查！就不信網路上沒人提。」吳梓弄丟下這句話後，就開始以各種關鍵字查找，但一個小時過後徒勞無功。他怎麼都不相信，在這個隨意用關鍵字就能找到一大堆資料的時代，居然完全沒有米粟說的「生前調查室」。

「逛了快一百多頁，居然一點線索都沒有。這傢伙到底怎麼接案的？登報？不是吧，都什麼年代了。」吳梓弄不甘心地準備繼續查，恰好有同學透過通訊軟體傳訊息過來，他花了點時間回應，直到處理完畢才想到另一種可能性，「啊，不是在一般網頁！他可能用通訊軟體做連繫管道。」

他立刻從正在使用的通訊軟體搜尋，但沒有相關的搜尋結果，於是接著把所有可以用來通訊的軟體都試過一遍，直到在一個曾註冊過卻鮮少使用的社群網站裡，找到了完全符合名字的群組。

「生前調查室，每天晚上八點開放討論。」

群組並沒有藏得很隱密，顯然只是讓知情人士口耳相傳的低調做法而已。吳梓弄盯著那行字，就在覺得看到一絲曙光開心地點進去時，卻發現這是需要回答問題才能加入的封閉式群組。

題目只有一組奇怪的數字「200號」，沒有任何提示，必須要答出這組數字的含意才得以進入。向來討厭解謎遊戲的吳梓弄選擇放棄，挫敗地將手機放到一旁。

「原來這傢伙是喜歡玩解謎遊戲的人嗎。」吳梓弄感到身心疲憊。被好奇心引發的問題消耗了不少腦力，自己能夠一路找到入口處已經很了不起，但是他找不到鑰匙進門。

雖然心裡一直念著「不要理會」，但是腦海中的數字卻越來越大、越來越明顯，擾得他完全無法冷靜。

「這個數字到底有什麼意義？身高？興趣？電話號碼？」吳梓弄想了一遍還是找不到答案，漸漸地腦袋開始放空胡思亂想起來，「米栗……宋彤米……二年五班……音樂鑑賞社團……住……住……」

他突然停頓下來，隱約覺得這個數字應該與米栗有關。

「200號可能是什麼？手機號碼？」吳梓弄立刻從手機通訊錄確認，認識米粟不久後他強制要來了手機號碼。他滿心期待地看著那組數字，儘管根本與200毫無關係，仍然試著輸入。

「不是呢……這樣的話，200號到底代表什麼？」吳梓弄的腦子不斷地運轉，又開始展開漫無目的的搜尋，至少這次縮小範圍，從米栗有關的事物開始找起。又過了兩個小時，他終於發現一個可能性。

「上耘高中的地址剛好是200號……」吳梓弄看著網頁上顯示的地址，雖然沒有把握，還是小心翼翼地將上耘高中四個字輸入回答欄裡，可惜得到密碼錯誤的通知，讓他不禁咬牙切齒。

「這樣也不對？搞什麼啊——？」吳梓弄越想越生氣，但不放棄持續嘗試，以上耘高中為基準變換好幾種表達方式，最後心一橫輸入上耘高中的電話號碼，居然就這樣過關。

「哎不是，這個提示有夠隨便，一定是隨便亂取的提示和密碼，只是稍微有點關係而已。」吳梓弄一邊抱怨一邊進入群組，沒想到還要取暱稱，他想了想直接打上「便當店王子」加入。

時間已經很晚，群組目前沒有人發言，而且新成員加入並不會顯示通知，僅是群組人數多一位罷了。吳梓弄決定當個安靜的成員，瀏覽起裡頭的所有記錄，「十個人？人數還算不少，還有公告規則嗎，我來看看。」

群組名稱就叫做「生前調查室」，公告的規則如下：

每天晚上八點進行調查討論。每個案件討論時間長度不限制，以完整度為主，不強制出席有空就來。

同時調查三件以上委託是常態，歡迎有興趣的成員踴躍發言。

如出言不遜會強制踢出群組，懇請注意禮貌。

群組管理者，米栗

「感覺還滿像樣的……」吳梓弄開始翻看裡頭過去的資料，這個群組所有訊息都整理得很仔細，甚至還有以前對話的截圖。

吳梓弄壓不住好奇心，點開最早的資料窺看。內容大致是有成員討論向學校申請成立社團，也有人認為不適合，在多方討論下決定不提交社團申請表，部分成員因而感到失落。身為創立者的米栗很溫柔地安慰大家，與平時那般死氣沉沉的姿態完全不同。

接著下一張截圖，吳梓弄就看見米栗對大家說：「**不如就當作是祕密社團吧！我會找地方創個可以討論分享的群組，最近已經有接到幾件委託，需要大家的幫助，麻煩大家了。**」

米栗說完這句話後，一群人就附和同意宣布散會。該相簿只有這兩張截圖，而相簿名稱就寫著「**生前調查室成立緣起**」。

「這個社團成立過程還真隨便……」吳梓弄皺著眉翻找其他相簿，往後看之後漸漸理解這個群組的主要任務。

每個相簿都以編號接著日期命名，目前成立至今大約一年多，已經到編號六十六，代表他們調查了六十六個人的事情。他隨意點開前幾個相簿，發現調查對象年齡層非常廣，居然連上耘高中第一任校長都是調查對象。

一個創校九十年的市立高中首任校長，對他們來說已經是歷史人物等級，沒想到內容相當精采。吳梓弄在學時代也有聽聞過據說這位校長死得很離奇，可能與當時的時代背景有很大關連，但是流傳到現在早已充斥奇怪的流言。群組內的成員卻非常認真分析每一個可能性，讓吳梓弄看得津津有味，一下子忘記加入群組本來的目的。

直到他打了個哈欠才想起來，連忙翻找最新日期的相簿，上頭寫著「**案六十六號**」，日期僅標上今年度。吳梓弄推測前面相簿壓的日期大概是結案日期。

「我來看看……」他點開相簿發現還有文件檔案，比起一開始的案件只有截圖，顯得更有條理整齊許多。吳梓弄點開文件後，就被第一行文字徹底震撼。

「**案六十六號，於XXXX年XX月XX日過世，死因為心臟衰竭。生前記錄調查中。**」

文件下方充斥著各種推斷，還分成已確認、未確認的區塊，內容相當混亂甚至還有「**孤獨而死**」這種文字，還放有幾起社會案件資料標示著「**核對中**」。

「這些到底是什麼啊？」吳梓弄不禁感到毛骨悚然，又往前翻找近期其他相簿，發現內容的分類方式都一樣，這才充分理解生前調查室就是研究一個個死人的過去。

「這種奇怪的事情居然還有人委託？米栗做這些到底有什麼用意？」吳梓弄看了太多資訊覺得頭有點昏沉，將手機放在胸前閉眼休息。

他越來越睏，一邊想著這種事情哪能當興趣，一定要找機會去問清楚，就這樣意識越來越模糊，一個不小心在客廳沙發上睡著，直到清晨聽到樓上有腳步聲他才猛然驚醒。

「啊，那傢伙醒了。」吳梓弄顧不得翹著一頭亂髮，只穿一件平口褲還有無袖背心就衝上三樓直闖浴室，「米——栗——！」

「做、做什麼？」正在浴室裡刷牙洗臉的米栗，被突然出現的吳梓弄嚇得瞬間清醒許多。吳梓弄的氣勢太過強悍，讓他害怕得不禁往後退。

「我找到了！你在這裡設立群組啊。」吳梓弄亮出手機螢幕，平緩紊亂的呼吸後才接著說：「『生前調查室』到底是什麼？你真的沒幹什麼壞事？」

「啊……難怪今天群組變成十一個人了，原來是你。」米栗頗為無奈，更佩服吳梓弄的毅力，從他的敘述看來恐怕花了不少時間才找到。

「所以你做這些是什麼？」吳梓弄看米栗沒有反駁，確認自己沒弄錯，心情一下子舒坦許多。

「唉，用說的有點麻煩，今天放學後你跟我走一趟好了。」米栗說罷又打了個哈欠，覺得吳梓弄不斷逼近實在讓人很是困擾。

第二章

世人眼中的孤獨（二）

吳梓弄很不自在，他沒想到所謂「走一趟」是去一個陌生人家裡。米栗放學後就帶著他前往上耘高中附近的公寓，屋主是上耘高中三年級的學生，顯然跟米栗一樣剛下課，身上還穿著制服。

「你好，你就是米栗？生前調查室的室長？」少年看了米栗一眼，又看向一旁的吳梓弄感到困惑，「這位是……？」

「這位是做記錄的幫手，叫吳梓弄。」米栗毫無感情地介紹，還順手將書包裡的筆記本與原子筆交到吳梓弄的手上。

「喔，我是李光閩，請多多指教。」李光閩自我介紹完，就將他們領進屋內坐在沙發上，還招待兩瓶可樂。

「時間有限，就直接切入主題吧。」米栗轉頭示意吳梓弄快點提筆準備記錄。

米栗命令的口吻讓吳梓弄有那麼一點不開心，明明只是想搞懂這孩子在做什麼，沒想到卻像個小隨從一樣還得幫忙記錄。他為了顧及氣氛只好忍了下來，舉起筆準備記錄。

李光閩點點頭，等著米栗開口。

「細節已經在通話時跟你說明過，就不再解釋一次，現在主要針對與范原聆有關的事。他在上個月過世前，有跟你見面過嗎？」

「我挺常跟原聆哥見面的，他走之前兩天還有見過一次，我到現在還是覺得很不真實。」李光閩輕輕地嘆口氣，眼底逐漸浮出悲傷。

「你們怎麼認識的？以他的年紀，不像有機會認識高中生的樣子。」

米栗拿起手機點開預先準備好的資料。吳梓弄偷看一眼，發現上頭只寫三行字。

死者：范原聆

享年：二十九歲

性別：男性

最下方則和群組內的文件同樣，寫著「**生前記錄調查中**」，除此之外就什麼也沒有了。

「我很小的時候就認識他了，後來打同一款線上遊戲，他很常找我們幾個同輩的朋友組隊。他為人隨和而且技術真的很好，所以我們特別喜歡跟他打遊戲。」李光閩想起過去的回憶不禁笑瞇了眼，很快又被淡淡的哀傷掩蓋，啞著嗓音說：「這幾天我們也有開遊戲來玩，每次看到他的帳號就很難過，永遠都不會上線了……」

「請節哀。」米粟輕輕拍了他的肩，又問：「你們這群朋友大約多少人？都見過面嗎？」

「我們隊伍大約有十五個人，不過大家分散在不同地方，最遠還有住在澳洲的呢！剛好我跟原聆哥住得最近，所以熟了之後就很常約出來見面。啊，只有我親眼見過他，之前有辦過一次線下聚會，但他要加班無法參加，好可惜。」

「你有跟他相關的照片嗎？可以給我看看嗎？」

「你等等。」李光閳立刻拿出手機，翻找了許久才向米粟展示，「這張是我跟原聆哥的合照，我還傳到隊伍的群組裡跟大家炫耀。接著這張是線下聚會，他沒到卻託人送來一桶炸雞，我們就拍了這張跟炸雞的合照傳給他當紀念。」

米粟仔細看著范原聆與李光閳的合照。范原聆是個瘦瘦高高的男性，如果不知道實際年紀被當成大學生也不奇怪，穿著休閒、笑容靦腆，雖然談不上是亮眼帥氣的長相，但是給人感覺很舒服，是氣質教養很好的男性。

吳梓弄也湊近看著，雖然還沒摸清楚是怎麼回事，但可以從對話中得知照片中右邊的男性已經離世。他看著那個人，儘管不認識心裡還是泛起一絲感傷。

「原聆哥其實滿好看的，真可惜說走就走，我挺想他的。」李光閩摸摸照片上的人，螢幕冰冷的觸感讓他輕輕嘆口氣。

「除了遊戲之外，你和范原聆還有聊過什麼嗎？」米粟適度地讓李光閩喘口氣再追問其他問題，這看在吳梓弄眼裡是相當貼心的舉動。

「他偶爾會跟我聊家人的事，有次過節時發現他還在線上打遊戲，我好奇問他不用回老家嗎？因為我記得原聆哥沒有跟家人同住。結果原聆哥用語音跟我說，他從出來工作後就沒回過家裡。原因他沒有多說，不過當時的語氣聽起來很寂寞，我印象很深。」

「嗯，看來范原聆跟他父母關係不算融洽。」米粟轉過頭看著吳梓弄記錄的內容，見他井然有序條列重點，不禁露出佩服的表情，也就更放心地向李光閩詢問更多關於范原聆的事情。

就這樣繼續問答了三十分鐘後，米粟輕聲說：「今天差不多就到這裡。我們有個慣例，請容許我問一下，你心中的范原聆是什麼模樣？」

「嗯……」李光閩沉吟許久，看著手機上那張照片緩緩開口道：「是個很溫柔的哥哥，雖然群聊的時候不太說話，但有時候會提出很精準的見解，除此之外就是個讓人相處起來不尷尬的人。總覺得對他認識得還不夠深，本來還約好要一起看下個月上映的電影，一想到這個約定再也無法實現，心裡就酸酸的……」

米粟輕輕地點頭，原本毫無情感的眼神此時多了一些同理的溫度。李光閩顯然被觸動情緒，送他們離開時眼角還有點溼溼的。

離開後吳梓弄過了好一會，才從懷念故人的哀傷情緒裡抽離，他騎著機車載米粟回到家家飯館時，終於吐出心中的疑惑。

「你做這些調查有什麼用意？」他依然感到不解，不過至少確定米粟不是從事犯罪行為，態度比先前溫和許多。

「和群組的名字一樣，生前、調查。委託人拜託我調查死者的過去，包括他的朋友、工作、興趣，然後整理成報告。」

「做這些到底能幹嘛呢？」吳梓弄看著自己的手，回憶剛才不停抄寫下的內容，心裡還是感到一絲茫然。

「就是拼湊死者的生前記錄。總覺得我們對話一直在鬼打牆，如果很好奇的話，今天晚上八點可以來群組參加討論，反正你都找到我們聚集的地方了，就來看看吧。」米粟聳聳肩，整理好書包背帶，不等吳梓弄出聲便轉身往樓上走去。

吳梓弄心裡惦記著米粟說的事情，晚上八點一到沒有幫忙爸媽整理店內，用有報告要交當藉口，比平常還要早一些下班。他一回到臥房，立刻點開生前調查室的群組。現在時間是八點十五分，群組內的討論正如火如荼展開中。

他才加入群組第二天，只是安靜地看著大家討論。米粟的暱稱就是「米粟」，而其他人的暱稱吳梓弄看過一遍還是誰也不記得。這也是他第一次看到米粟這麼生動的一面。

「這傢伙平常不愛講話，是不是都把說話的力氣全用在這個地方了呢？」吳梓弄看著米粟的留言，不禁這麼感嘆。

群組裡除了他以外的十人，正積極地討論關於范原聆的事，與其說討論倒不如說是在拼湊這個人的生平。他更注意到，米粟並沒有透露范原聆的姓名，只有提及他的年齡、性別、職業，還有今天向李光閩詢問到的生平事蹟。

長頸鹿：「上次說他現實的朋友很少，能訪談到的對象不多。但是感覺網路上的朋友不少，我認為他的生平事蹟要從這些人下手。」

米栗：「我也這麼認為，不過這三天連繫後發現，他有特別往來聊過天的網友很少，不愛透露自己的私事。」

無糖臺南人：「我覺得這個六十六號收集到的生前記錄偏少，應該可以挖掘更多，職場難道沒有可以接觸的人嗎？」

米栗：「很可惜沒有。」

白星：「學生時期的記錄呢？米栗不是說知道他是哪所學校畢業？可以直接查查看他以前的老師或同學吧？」

米栗：「白星，你提供了不錯的方向，我這幾日連繫看看。」

留言不斷增加，吳梓弄看著不禁打起哈欠。他覺得有些無聊，仍然在這些夾雜猜測與閒聊的對話中，得知范原聆的故事。一個二十九歲因心臟病死亡的人，生前過於低調，以至於目前連繫接受訪談的人，只有一位知道他已經過世，其他人都是由米栗知會。

米粟：「事實上目前我訪問的人之中，有人與六十六號關係很密切，上次訪談的題目不足，明天我還會去拜訪對方。也請大家記得，我們討論的內容不能外流，請顧及每一位委託人的隱私。」

吳梓弄看著這行字，開始感到好奇了。今天他們在九點半的時候散會，吳梓弄看著一票人留下晚安的訊息後，群組陷入寂靜。他收起手機，看著天花板想了想，還是耐不住好奇心起身上樓，沒想到米粟正好在洗澡。

他聽著浴室裡傳來的沖水聲，直接往床邊的軟墊坐下。米粟將筆電放在軟墊前方的小矮桌上，螢幕顯示著需要輸入密碼的指引。吳梓弄盯著畫面不禁低語：「這傢伙真的處處都很小心，想偷看點什麼都沒機會。」

吳梓弄留意到筆電旁邊的便條紙，上面寫了幾個零散的字句，細看全都是剛才討論的重點。他就這樣等待著，直到十分鐘後米粟穿著一條短褲和無袖背心，頭髮溼漉漉地跨出浴室。米粟沒想到他會出現，有些防備地問：「梓弄哥你怎麼在這裡？」

「不把事情問清楚我今天肯定睡不著，所以就上來了。」吳梓弄說罷，疲倦地將身體往後仰貼在床沿，看著米粟呆站在原地的模樣補充說道：「我真的只是想問清楚，不會對不相干的人說。」

「真的？」米粟聽到這番話後，腳步稍稍往前。

「真的，倒是你快點吹乾頭髮，不然會感冒啦！看到你髮尾一直滴水超難受的。」吳梓弄左右看了看，找到一條毛巾連忙拿起丟向米粟。

「這也要管……」米粟在吳梓弄的注視下來到矮桌對面坐下，無奈地忍受吳梓弄的目光，擦著頭髮悶聲問道：「還有什麼事情想問？剛才不是都在群組裡看到討論了？」

「這些委託是怎麼找上你的？我查了半天才想到要從通訊軟體搜尋群組，一般網路上根本找不到類似的討論。」

米粟總算把頭髮擦得半乾，抓下毛巾看著吳梓弄解釋：「有時候是透過群組裡的人私下連絡，或者認識的人輾轉引介。」

「所以那個范原聆是第六十六位？」吳梓弄拿出手機，再次點開群組內的資料區，發現范原聆案件的資料夾有更新。

「你為什麼這麼在意我做這件事啊？」米粟嘆口氣，壓不住藏在心中多日的疑惑問道。

「因為我很擔心你啊！一個高二生獨自租屋在外，也沒看過家人來找你，三餐還要自己打理。雖然我只是房東的兒子，但既然是鄰居，又剛好是指導的社團學生，當然會在意。」

「可是你這麼積極，我很困擾……」米栗小聲抱怨。吳梓弄可是聽得一清二楚，不禁瞇起眼，「我哪有積極？只是看到了無法不管。」

「這樣就是積極，而且還有點雞婆。」米栗抿著嘴，完全不怕對方發怒。

「哎你放尊重點啊，米栗小弟弟。」吳梓弄指著他，帶著警告的語氣說道。

兩人就這樣互相對峙一會，吳梓弄再次打破僵局問道：「為什麼要調查這些事情？你有什麼苦衷嗎？」

「我沒有苦衷。」米栗看著對方認真的神情，腦海中閃過一道身影。他欲言又止想多說點什麼，最終還是選擇低下頭不做解釋。

「那還是有什麼困難？或者被奇怪的組織威脅，要收集死者的資料？」米栗這一連串反應吳梓弄看得一清二楚，面露擔憂地追問道。

「才沒有，就跟你說是我自己想做這些事情。」米栗受不了吳梓弄不停胡亂猜測，難得露出不耐煩的表情反駁。

吳梓弄突然俯身近距離看著米栗，驀地勾起一抹淺笑，「原來你也會露出這種反應啊？平常看你過於冷淡的臉，還真擔心你失去情感了呢。」

「說得好像我是機器人一樣。梓弄哥你靠太近了。」米栗稍稍往後退說道。

「好啦，我坐遠一點。」吳梓弄順從他的抗議，將坐墊往後挪一些。

「所以你還有問題嗎？」米栗看他還沒有要離開的意思，不禁露出疲憊的嘆息。

如果可以重新選擇租處，他一定不會選這裡。當初只想到樓下有間便當店可以解決三餐，卻沒想到竟有這麼愛多管閒事的鄰居。

「當然還有，我加入群組也才第二天，加上下午陪你去那一趟，反而更多問題了。」

「……不就是討論一個死者的生前記錄嗎？」

「就是這點我不懂。你為什麼想做這種事？查一個已經死去的人有意義嗎？」

「當然有意義。」面對他的質問，米栗想也不想地立刻說道：「就是因為死了，很多事情如果不快點查清楚，那個人就會慢慢被遺忘。這樣太悲傷了，所以我想替委託人拼湊這些死者生前的一切。」

「人都已經死了，幹嘛還要打擾啊？」吳梓弄擰著眉反問。米栗雖然語氣平淡，但散發出不服輸的態度，顯然調查死者生前事蹟這件事，對他來說非常重要。

「因為活著的人會很想念，況且我自己有分寸，知道過於隱私的事不能問太深。我向來也很尊重當事人，如果拒絕訪談就不會強求。這樣的說法總該滿意了吧？」米栗從沒想過，為了解釋生前調查室居然這麼累。

吳梓弄有相當長一段時間沒有說話，不過米栗注意到他原本充滿疑慮的眼神逐漸變得柔和許多。吳梓弄也不想讓兩人關係變得太僵，決定退讓一步，「嗯，姑且接受。」

米栗聞言明顯鬆了口氣，然而吳梓弄卻馬上接著「不過」這兩個字。米栗整張臉都快皺成一團了，他縮起肩膀，如果可以真想縮小到消失不見，「又、又要做什麼？」

「你去調查的時候要讓我跟。」

「哎？為什麼啊？」米栗顯然不願意，連音調都拔高不少。

「你能保證每個訪談的對象都安全嗎？加上你看起來一揍就倒，起碼要讓我跟在旁邊。你訪談盡量挑我沒課的時間吧。」吳梓弄忍不住伸手揉亂米粟的頭髮，儘管覺得自己的行為簡直像個家長，但他根本不介意。

「你為什麼這麼執著啊？我不過只是你們家的房客，不需要這麼照顧我。」米粟怕又說錯什麼讓吳梓弄更加不放心，用詞相當婉轉。

「我可不希望哪天聽到不幸的消息，就當我想太多杞人憂天也好，至少確保你做這件事時很安全。」吳梓弄雙手撐著小矮桌仔細看著米粟。他的體格太過單薄，樣貌相當清秀，就算穿著上耘高中男生制服、留著短髮，還是顯得很中性。

米粟被直直盯著看太久，不禁感到尷尬地別過臉低聲說：「我明白了，不要一直看著我，很不自在。」

「好、好，既然你答應，我就安心了。」吳梓弄聽到想要的答案，調整了一下坐姿笑著說道：「接下來，我要了解一下群組裡面的人。」

「啥？還有？」米粟忍不住瞄一眼筆電上顯示的時間，晚上十點半。群組討論結束後，他通常會打個遊戲或者看動畫休息，而不是在這裡被異常關切審問，實在是有點累了……

「那些人跟你是怎麼認識的，都是上耘高中的人？」吳梓弄再次拿出手機點開群組名單，扣掉他與米栗還有九個人，由於可以自己取暱稱，所有人都是完全匿名。

「都是。」米栗知道敷衍不了，只好乖乖回答。

「有見過面嗎？」吳梓弄看著名單，心裡默念這些人的名字。長頸鹿、白星、無糖臺南人、阿團、木可可、初一吃素、小暖、走路靠右、特價五折，一共九個人，取名方式毫無規律，就像平常在線上遊戲結交的網友一樣。

「分別見過面。」米栗回答得很謹慎，能不多說就不多說。吳梓弄大概也察覺他的意圖，非常有耐心地提問：「他們怎麼知道你成立的這個祕密社團？」

「一開始有在學校網路上公開招募成員，只有這九個人理我，所以個別確認班級以及是不是本人後就讓他們加入。因為有共識不申請成為正式社團，決定以線上私人社團存續，經過大概一年多的時間，就摸索出你今天看到的互動方式。」

米栗乾脆不打自招把成立過程全說清楚，鮮少講這麼多話竟然覺得有點喘。

「所以裡面都是在校生嗎？」

米粟頓時倒抽一口氣，沒想到吳梓弄還有其他問題，雖然越發感到不耐煩，還是乖乖回答：「有幾個已經畢業了。」

「能讓我知道他們實際的身分嗎？」吳梓弄已經將名單反覆看了好幾回，至今仍然只記得兩三個暱稱。

「我們有說好就只在群組互動，而且成員彼此都沒見過面，我就算在學校遇到他們，也會裝作不認識。」米粟搖搖頭。

「為什麼？不是都是對生前調查感興趣的人嗎？」吳梓弄一臉困惑。

「這樣才能侃侃而談。我們又不是來交朋友，是認真要調查事情，而且這是所有人一起決議的事，他們並不想在現實生活中認識彼此。畢竟現實生活本來就沒有交集，不需要勉強相處。」米粟露出淺淺的笑意，顯然非常喜歡這個決定。

吳梓弄還是不能理解，臉上依然寫著大大的問號。不過既然是成員都同意的決定，他點點頭，「我也配合就是了，不會再過問你們的身分。」

「你也別在群組說出真實身分。」

「知道啦。」吳梓弄搖搖頭低語：「真搞不懂你們這些小朋友在想什麼，不過討論滿有意思的，有些人的發言一點都不像高中生，好像比我還成熟。」

「這裡面的確有很厲害的人，雖然不能透露太多，但有個人就像我們群裡的掌舵手，總是能輕易地整理出答案，不過他今天不在。」

「誰啊？」吳梓弄一聽，果然特別感興趣。

「『走路靠右』。我唯一能透露的是他已經畢業了，現實生活似乎很忙，經常無法即時參與討論，不過有空都會上來發表看法。」

「已經畢業……聽起來應該念大學一年級。」吳梓弄看著走路靠右的頭像，那是只有一隻名牌球鞋的照片。本以為能透過頭像得到什麼線索，可惜什麼也看不出來。

「我剛剛說了，不談成員們的隱私。」米栗口吻略為強硬地提醒。

「我知道。」吳梓弄關掉手機畫面，抬起頭對米栗說道：「想問的都問完了，我要去休息了。」

「晚安。」米栗這下子總算能徹底鬆口氣。他坐在軟墊上目送吳梓弄起身，正想著可以好好休息時，已經走到門口的青年突然又回過頭來。

「做、做什麼？」米粟被這麼一盯，不禁又坐正身體謹慎以對。

「只是想跟你說放輕鬆點，我問這麼多只是想釐清你要幹嘛。別忘記之後有任何訪談，盡量讓我跟著。」吳梓弄不等他回應，逕自揮揮手就下樓了。

「經營一年多生前調查室，就今天最忙最累。」確定對方已經離開，米粟才徹底鬆懈下來，全身疲倦地躺在地上發呆。他伸手揉著臉，不停打著哈欠，沒想到吳梓弄會強硬加入群組還問一堆問題，光是應付這些就讓他體力耗光，睡意湧起。

「不行啊不能睡，還有資料沒整理。明天的英文小考也還沒背……不可以，宋形米你不能睡……」米粟不斷地告誡自己，但眼皮就是不爭氣，睡意將他的意識強制關機，最終就這樣躺在地板上睡著了。

就在這段時間，他居然夢到生前調查室成立時的事情。在剛才吳梓弄不斷詢問的細節裡，他唯一沒有回答關於第一個加入生前調查室的人，就是「走路靠右」。

對於這位已經畢業的學長，米粟很是想念。那時他才高一，心心念念想成立生前調查室，但是張貼招募公告後卻遲遲沒有回音，讓他一度很是消沉。

就在這時有個電子信箱名稱寫著「走路靠右」的人連繫，不過那封信的內容並不怎麼客氣，直言他想搞怪，質問他到底想做什麼。米栗不喜歡被懷疑，花了點時間回覆，然而對方仍舊覺得好奇，於是主動提出想見個面。

米栗不是那麼樂意，但為了能成立社團還是赴約了。他後知後覺到當下才發現，對方指定的地點是上耘高中學生會專用辦公室。米栗想轉身逃離，沒想到辦公室的門突然打開，一個個頭比他高許多的男學生探出頭來，一看到他便露出不太客氣的笑意，「就是你吧？貼那個什麼生前調查室社團的傢伙。」

「是……」對方的氣勢太強大，讓米栗相當不安。

「進來吧。」對方招招手指引他進辦公室。

米栗從沒想過會有機會進學生會辦公室，裡面跟其他社團的活動空間沒兩樣，教室裡擺著幾張課桌椅，唯獨不同的是牆邊放有好幾個年代不一的櫃子，裡頭滿滿都是文件資料，還有個放有好幾張大合照的木櫃。

用課桌椅拼成的辦公空間最前端，就是學生會長的座位。米栗站在門口看著高大的學長慢條斯理地在那個位置坐下，並調整了寫著職稱與名字的壓克力牌。

「我先自我介紹，我是學生會長蘇臨右。」

米粟不禁瞪大眼，「為、為什麼要找我……」

「別緊張，我只是想知道你要做什麼，還把其他成員都支開跟你單獨談談，坐這邊說話吧。」蘇臨右指著自己右手邊的空位。

米粟在他的注視下只好乖乖就範，當坐定位時發現這是副會長的位置，更顯得不自在地扭著身軀，迴避對方的目光。

「這個『生前調查室』到底是什麼？該不會想搞什麼奇怪的研究社團吧？上次有個人想成立『外星人外交社』，說什麼要做好國民外交壯大地球在宇宙的地位。社團可是需要提撥經費、找指導老師，我們花了很多時間才勸退那位同學，畢竟他已經招收到人數足夠的社員，但這種奇怪的社團校方絕對不會同意的。」

「才不是像他們那種奇怪的社團……」米粟低著頭鬱悶地解釋。

「這個名字就很奇怪，『生前調查』這四個字充滿犯罪的味道。如果你對偵探推理有興趣，學校已經有推理解謎社團，建議你可以加入，他們的活動很精實。」

「不一樣，我想做的不一樣。如果我的行為造成你們困擾，今天就會撤掉招募公告……」米栗已經意識到蘇臨右是想勸退他成立社團，沮喪地垂下肩膀。

蘇臨右見他失落的樣子無奈地嘆口氣，似乎有那麼一點於心不忍，放柔語氣問道：「可以告訴我為什麼想成立這個社團嗎？」

米栗抬起頭，抿著嘴好一會才說：「你都用學生會長的身分出馬勸退我了，知道理由也只是浪費時間吧？」

蘇臨右挑眉勾起嘴角，米栗這時才發現對方的笑容帶著那麼點挑釁的意味，恐怕是習慣使然。

「我是以私人的立場了解一下，說不定你可以說服我加入啊。」

「勸我不要成立社團的人，這麼說也太奇怪……」米栗語氣越來越鬱悶。

蘇臨右覺得這個小學弟的反應實在太可憐，忍不住拍拍他的肩膀安撫，「就算不能申請成立正式社團，學校也沒規定不能私下認識同好，頂多沒有經費跟專用教室而已，對吧？」

米栗聞言，眼神比剛才多了一些光彩，「原來可以這樣嗎？」

「只要你不提出正式申請都可以。話說回來，你到底想做什麼？」蘇臨右又切回主題，眼神真誠地望著米粟。在學生會長的注視下，米粟解釋了「生前調查室」的用意，對方頻頻點頭，顯然是接受他的理念。

「聽起來挺有趣的，不如你建立個群組把我拉進去吧。」蘇臨右拿起手機，點開自己的社群軟體帳號說道。

「現在？你、你要加入？」米粟沒料到事情會這樣發展。

「嗯啊，你先建立，我當成員就好。還有，我覺得規則要完善點，要是被抓到漏洞會被當作奇怪的邪教社團。」

米粟在蘇臨右的催促下建立好群組，在剛才的對話過程中他被迫與會長成為好友，現在看著群組名稱心情相當複雜。

「好了，你應該先整理清楚規則。首先調查案例的條件，以意外或生病而死為主，不要與刑事沾上邊，免得招來不必要的麻煩，那些事情留給專業司法人員處理就好。你剛剛也說了，目的只是拼湊死者生前的記錄，對吧？」

米粟聽著蘇臨右的建議愣愣地點頭。因為太有道理，他不知不覺就被這個態度有點張狂的學生會長吸引。

接下來蘇臨右幫忙他建立更多規則，匿名不透露真實身分、加入群組的通關密碼等等，就此奠定生前調查室的基礎沿用至今。

蘇臨右替自己取了「走路靠右」的暱稱，在這個匿名群組裡活動。除了最近才加入的吳梓弄以外，其他成員都曉得「走路靠右」是最早加入的同學，不過除了米栗沒人知道他就是學生會長。

之後人數達到可以申請成立社團時，有成員建議提出申請，卻被蘇臨右以不透露身分的規則勸退，繼續以祕密社團的模式活動。而蘇臨右畢業後，還是留在這個群組內，米栗也會另外與他單獨聊天。學生會長的加入是米栗當初料想不到的成果，多虧蘇臨右對他相當照顧，才得以吸引其他成員陸續加入。

這個祕密社團沒有硬性的加入退出規則，如果因為時間或課業問題想退出，米栗頂多感到可惜不會阻止，只會要求不可以把內容外洩出去。所幸眾人對於生前調查室的主旨相當認同，成立至今從沒有成員退出，這是米栗最感欣慰的事情。雖然吳梓弄突如其來的介入，讓他很是困擾……

就在米栗回憶著這段往事時，「走路靠右」出現在群組。他顯然已經讀完剛才的所有討論，不但分析整理重點，也提出了建議。

走路靠右：「我覺得訪談人數遇到瓶頸。米粟，要不回頭去找委託人，看看有沒有其他人願意接受訪問。」

米粟被訊息通知音效喚醒，看著那段文字頻頻點頭，他正好也是這麼打算。

第三章

世人眼中的孤獨（三）

一大早吳梓弄就看見「走路靠右」的建議，以及米粟一直到深夜三點還在與對方交談的記錄。一想到米粟又熬夜，心裡就忍不住叨念幾句。

他就這樣躺在床上，看著手機時間顯示六點半，米粟的鬧鈴聲準時響起。雖然隔一層樓只聽到極小的音量，鬧鈴響了一分鐘後就被關掉，接著一片寂靜。

「這傢伙肯定沒起床。」吳梓弄早上沒課，不過他作息規律每天都六點多就醒來，在大學裡完全是個異類，而且最近更因為樓上的米粟讓他更早起了。

「雖然今天沒有社課，但我沒辦法裝作不知道。」吳梓弄幾番掙扎後，決定起床上樓。他來到米粟的臥房門前，深呼吸蓄了點力，舉起拳頭用相當急促的節奏猛敲門，「米粟給我起床！我都被你的鬧鐘吵醒了，你居然還沒醒！」

吳梓弄催促起床的吶喊非常無情，配合著不停歇的敲門聲，終於讓躲在被窩裡的米粟不得不起床，頂著一臉倦意來開門。

「梓弄哥好吵。」米粟幾乎是閉著眼。昨晚中途清醒恰好碰到蘇臨右上線，就與對方又聊了一會才睡覺，算一算整晚只睡四個小時不到。

「我才覺得你很扯，你打算遲到嗎？」吳梓弄見米粟睜不開眼的樣子，伸手非常不客氣地捧住他的臉頰用力搓揉。

「啊、啊，梓弄哥，很痛、很痛……」米栗用力掙扎，費了好大力氣才拉開對方的手。

吳梓弄看他總算睜眼的樣子，不怎麼滿意地問：「醒了嗎？很好，不准蹺課啊！高中生就給我乖乖上課。放學後要去委託人那邊吧？」

「你看到對話了喔？」米栗摸著還有點痛的臉頰無辜地反問。

「廢話，四點半我去校門口接你。」吳梓弄不給他拒絕的機會，丟下這句話轉身就走。

米栗看著吳梓弄下樓的身影，不禁嘆了口氣，「我為什麼要自討苦吃租這裡呢？招來了個好麻煩的傢伙啊……」

他本想用身體不舒服當理由請半天假，被吳梓弄這麼一陣折騰也只能乖乖去上課。想到放學後還要應付這傢伙，米栗不禁發出更大聲的嘆息。

下午放學，米栗剛步出校門就看見吳梓弄站在機車旁，手裡還拿著一頂安全帽。

「一定要這麼準時嗎？」米栗想逃也逃不了，乖乖來到對方面前，他這一整天都在偷偷祈禱吳梓弄有突發狀況無法前來。

「當然，快給我委託人的地址吧。」吳梓弄不想讓他有拒絕的餘地，伸手就直接要地址，米粟只能在他的脅迫下乖乖交出去。吳梓弄拿起手機打開地圖確認好路線後，才又望向米粟問道：「你都連繫好了吧？我們現在直接過去喔。」

「中午就有先知會對方，可是我們可能會談很久，梓弄哥你晚上不用幫忙飯館嗎？」米粟抓緊機會又問道，多希望聽到的是令人開心的回應。

「我已經跟老爸老媽說要幫你的忙，他們很樂意放行了。」可惜吳梓弄早就看出米粟的企圖，強硬地將安全帽塞到他手裡，「好啦！快上車，要出發了。」

「好……」米粟已經放棄掙扎，看著吳梓弄跨上機車、發動引擎，乖順地坐上後座。

吳梓弄仍然不怎麼放心，抓起米粟的右手放上自己的腰，「抱緊點，別太見外。」

米粟就在吳梓弄的注視下，彆扭地環住對方的腰，兩人就這樣前往委託人的住家。地點距離上耘高中不遠，大約二十分鐘的路程就抵達。

那是棟近十年才蓋好的大樓，屋內相當整潔明亮，客廳還有組舒適柔軟的米白色沙發。屋主是名年約二十出頭的女性，端莊優雅，穿著一身正式套裝，儼然才剛下班不久。

「你好。」米粟察覺到對方的疑慮，連忙將吳梓弄推上前解釋：「這是最近加入幫忙的助理，梓弄哥。」

「你好，我叫范原美。」對方立刻理解，向吳梓弄點頭表示友好。

「今天打擾了。」吳梓弄客氣地回應，從對方的名字推斷委託人與范原聆有相當密切的關係。

「關於調查我哥哥的記錄，遇到什麼問題了嗎？」范原美示意兩人坐下，同時直接切入主題。

「他的交友關係不廣，我們這兩週已經把有密切連繫的人都訪談過一遍，但是記錄仍不夠，所以想重新檢視他生前的交友情形，不知道您方不方便也接受訪談呢？」

「當然沒問題，請儘管問吧。」范原美露出親切的笑意，讓氣氛頓時輕鬆許多。吳梓弄也沒忘記先前的模式，拿出筆記本預備記錄重點。

「問題有點私人，如果不方便回答可以直說。」米粟拿出手機點開查看，吳梓弄趁勢偷看一眼，發現上頭有許多題目，比起上次詢問李光閩的內容要多更多。

「首先想從您的角度理解范原聆生前狀況，他對家人的態度如何？」

「馬上就問到有點尷尬的問題呢，他跟我還好，算是感情普通，至於跟爸媽關係談不上融洽。」

「為什麼？」米栗馬上追問。吳梓弄不禁感到好奇，豎起耳朵想仔細聽委託人如何解釋。

「我爸媽的教育方式很嚴格，是那種成績少一分打一下的程度，在校表現代表一切，完全不容許反抗。哥哥一直很聽話，就連升大學填選志願，也依照爸媽的要求。我有問他沒有想念的科系嗎，要不要跟爸媽爭取看看？沒想到他卻一臉放棄的樣子，說只要爸媽開心就好，讀什麼科系都無所謂。」范原美說這番話時，眼底藏盡悲傷。

原本默默記著重點的吳梓弄不禁抬頭，想起先前在李光閩那邊看到的照片，發現這對兄妹的神韻很相似。但是沒聽過死者的聲音，沒真正接觸過死者，他仍然不曉得這個「范原聆」實際的性格如何。

吳梓弄悄悄地倒抽一口氣，偷偷瞄向身旁的米粟。他神色平靜，目光帶著難得的溫和與范原美對話。

吳梓弄沒有打擾他們，低頭暗暗想著，隱約拼湊出一個人生前的種種，原來是這種感覺。因為素未謀面，所以只能從身邊的人得知種種細節。

有趣的是，由於身分不同，知道的事情完全不同。前幾天的李光閩是與范原聆年紀差很多的朋友，得知的回憶是興趣。今天的范原美是親妹妹，得知的是他與家人相處的細節。

范原聆在很常見的家庭教育下成長，成績就是一切，父母把小孩當自己的所有物牢牢地掌控，而且他逆來順受從不反抗。

相較之下吳梓弄特別感慨，他也經歷過類似的成長環境。儘管雙親在他升上高中後就較為寬鬆，不過同樣也有干涉大學選擇的科系，最後他還是妥協遵照爸媽的想法。他對音樂懷抱著夢想，所以只能自修或者找外頭的音樂教室學習，當然也因此才有機會擔任上耘高中的社團指導老師。

這是吳梓弄的歷程，他現在還活著，可以向身邊的人分享。可是范原聆已經死了，只能從曾聽過故事的人們口中得知他的過往。

吳梓弄忍不住不停地輕點著頭，完全能理解「生前調查室」存在的原因。只是這下他更好奇，這個身形單薄的米粟是經歷過什麼，才想成立這個祕密社團呢？

「我問過他認識的網友，對方說妳哥哥一個人住，就算逢年過節也不回家，這跟爸媽有關嗎？」米粟翻閱著之前訪談的內容，輕聲問道。同時吳梓弄也拉回思緒，再次握緊筆準備記錄。

「是的，記得是哥哥大學畢業後沒多久，他因為先天疾病不需要服兵役，很快就被爸媽催著去找工作，那時候我才升上大二，沒有住在家裡不清楚詳情，只曉得他找了好幾個月的工作，都沒能穩定下來。那時候媽媽很常打電話來訴苦，說家裡氣氛很差，哥哥找的工作一直不合他們的意思，所以每天都在爭吵。」范原美的神色越來越低落，期間還不斷地嘆息或深呼吸好調適情緒。

米粟與吳梓弄都安靜等著她，范原美呼了口氣才繼續說道：「只要想起那段時間，就好想知道哥哥當時心裡到底在想什麼，他恨爸媽嗎？還是根本什麼都沒想？這些疑問我當時根本開不了口。」

范原美仰頭想了想，掏出手機點開相簿裡一張合照，展示給他們看。那是張兩個小孩坐在輪胎鞦韆上的照片，像是從實體照片翻拍過來，還能看到旁邊的桌面以及略微斑駁的痕跡。

「這是我跟我哥的合照，我們長大後幾乎沒有相處過，我手邊他的照片很少，這張是唯一的合照，真可惜……」

吳梓弄看著那張合照輕聲說：「妳跟范先生真的長得很像呢。」

「很多人都說我跟哥哥只是身高和髮型不一樣而已。他有張很秀氣的臉，對鄰居都很客氣，說話也很溫柔。可是像他這麼安靜的人，居然會做出離家出走的舉動，真的讓人料想不到。」范原美盯著那張照片眉頭緊皺，說到此處陷入更慢長的沉默。

「妳知道當時的情形嗎？」米粟停頓幾秒後才又問道。

范原美無奈地嘆口氣說：「聽媽媽說那天哥哥面試上一個工程師的工作，但是爸爸對薪水很不滿意，晚餐的時候一直在數落他。哥哥什麼都沒回應，也不曉得在想什麼，結果隔天一早拎著背包出門，從那天起就再也沒回來家裡過，也沒跟我們連繫了。」

「毫無預警離開嗎？」吳梓弄一臉錯愕。

「只有帶走幾套衣服、證件和錢包，就連手機號碼都停掉，安安靜靜地離開。這一走就消失七年，再知道消息是上個月猝死在租屋處，這些年到底發生什麼事，我們全都不曉得。哥哥留下來的遺物也很少，就是因為這樣我才會透過關係連繫上米粟同學，請他幫我們調查哥哥的生前事蹟。」范原美說到此處露出一絲淺笑，只是看在吳梓弄的眼裡相當寂寞。

「我們上次訪談的網友告訴我們，妳哥哥就算重要節日也都在遊戲線上，問過為什麼都不回家，聽說他從不正面回答。」

范原美聽聞目光變得有些遙遠，帶著氣音說道：「感覺哥哥很寂寞呢……」

「那位網友也說了一樣的話，這也是為什麼得回來跟妳做訪談，因為目前只連繫上四位范原聆先生的朋友，能記錄的事情有限，想再看看是不是還有其他的可能性。」米粟拿過吳梓弄手上的筆記本，往前翻了幾頁，看著上頭貧乏的記錄不禁長嘆。

「這該怎麼辦呢。我也很想讓爸媽知道這些，哥哥的死對他們打擊好像很大，尤其我爸，以前是那麼嚴肅的人，最近好像老了很多，經常說對哥哥不好才會讓他早死。」范原美露出苦笑，對面兩人則婉轉地回以溫和的笑意。

「你們的眼神都告訴我，早知如此何必當初呢。」

吳梓弄一聽立刻伸手掩住雙眼尷尬地笑了幾聲，米栗倒是一副坦然自若地點頭。范原美連忙拍拍吳梓弄的腿說道：「不要緊的，我也是這麼想，只是不能在爸媽面前表現出來，他們已經夠傷心後悔了，我不能落井下石。」

「妳是個好女兒呢。」米栗低聲說道，換來范原美無奈的淺笑。

因為這段小插曲，氣氛頓時緩和許多，米栗這時才說道：「我其實想到幾個辦法，如果可以的話想看他的遺物，找看看有沒有其他線索。」

「當然可以，等我一下。」范原美連忙起身往臥房內走。聽見一陣翻找的聲響，不久之後就看見她捧著一個約三十公分寬的紙箱回到客廳，在他們面前一一展示箱子內的東西。

「你們看這些能不能派上用場。」范原美拿出一本咖啡色皮製筆記本，還有一個黑色皮夾、收納通勤月票的票夾，還有幾枝筆，除此之外就是些零碎的陶藝品。

「這本筆記本感覺像是日記，可以打開嗎？」米栗第一眼就對那本筆記本充滿興趣。

「我已經看過裡面，都是工作的排班表，但是沒有明寫工作內容，另外還有幾張照片。」

米栗小心翼翼地打開筆記本，外封顯然已經使用好幾年，上頭有明顯的破損，內頁則是活頁式，最後面夾了三張照片。

三張照片的背景不同，一張是范原聆身穿圍裙站在廚房櫃臺，手拿著鍋鏟微笑，身邊站著穿同款式圍裙的兩個人，另一張是同樣幾個人在海邊的團體照。第三張比較不好判斷，除了范原聆以外其他人與另外兩張不同，他身上穿著一條白色圍裙，看起來也像是餐廳但類型不太一樣，看起來較具規模。

「照片裡面的人妳認識嗎？」米栗看著圍裙上頭的字樣，雖然不是很清楚，但是隱約可以看出是間餐廳的名字。如此小心翼翼地收藏，代表照片中的人事物對范原聆來說是很珍貴的回憶。

「每一天飯團……」吳梓弄瞇著眼，總算解讀出其中一張上頭的字樣。他與米栗四目交接，彼此都沒開口，不過心裡想到了同一件事。吳梓弄拿出手機輸入關鍵字，很快就找到「每一天飯團」的地址與資料。

「找到了嗎？」米栗連忙湊過去看，照片裡頭的人穿著相同圍裙，光靠這點幾乎就能篤定是同一間店。

「不過營業時間你得上課，要怎麼連繫？」吳梓弄看著那些餐點的照片，不禁吞吞唾沫，就算不是為了調查也想去吃看看呢。

「蹺課或請假吧。」米粟看著地址微微點頭，這是非常重要的發現，因此他說出口時絲毫沒注意到身旁的人已經露出滿滿殺意。

「你剛剛說什麼？」吳梓弄稍微提高的音調讓米粟渾身一顫。

米粟試圖讓自己看起來無辜些，低聲回道：「只是說說而已……」

「真是的，你是真有這個打算吧？我可不准，不然就跟你班導告狀。」吳梓弄看出他心虛的反應，不斷加以威脅。

「不然我該怎麼辦才好？」米粟嘆口氣。碰上這個愛管閒事的吳梓弄，他真的無時無刻不暗自後悔。

「明天我上午沒課，可以幫你去一趟。」吳梓弄已經在看導航路線，彷彿隨時都可以出發。

「你要去？」米粟以為聽錯了，感到意外地眨眨眼。

「對，避免讓你找到藉口蹺課。」吳梓弄沒好氣地瞪了他一眼。

米粟雖然有點心虛，還是答應讓吳梓弄幫忙。不過米粟的訪談有既定模式，他特地給吳梓弄一份訪談題目摘要，一連提醒了三次上頭提到的題目一定要想辦法問到細節。

隔天早上八點，吳梓弄因為仔細研究題目太晚就寢，前往「每一天飯團」時頻頻打哈欠。

這是一家生意很好的早餐店，他一進去先是表達捧場的心意，點了份早餐。觀察一會店內的狀況，頻頻比對翻拍存放在手機裡的合照後，確認照片中另外兩人就在眼前——年紀相當接近的一男一女，應該比范原聆大一些，透過對話可以得知是夫妻。

吳梓弄等待將近一個小時後，看到櫃臺的盒子只剩下一些配料，判斷大概過不了多久便會收攤。他吃完最後一口飯團，決定起身行動，「我有點問題想打擾一下，方便嗎？」

站在櫃臺內的男性停下整理桌面的手，親切地笑問：「餐點有什麼問題嗎？」

「餐點很好吃，但我有其他的事情想請問。」吳梓弄拿出手機展示裡頭的照片。

「阿聆？你怎麼會有這張照片？」男人感到困惑，看著范原聆的臉喊出聲。

「這是他妹妹借給我們翻拍的照片。是這樣的，我們想借點時間做個小訪問，聊聊范原聆先生與你們的關係。」吳梓弄直接切入重點，盡量讓自己看來客氣和藹。

「要問什麼啊？」男人微微皺著眉，他的妻子聞言也湊上前看吳梓弄手上的照片，兩人困惑地互看一眼。

「有個很遺憾的消息，范原聆在上個月離世了。」吳梓弄說出這句話後，兩人皆倒抽一口氣。

這對夫妻帶著不確定的心情，將吳梓弄帶到店內最角落位置。偶爾還有零散的客人上門打斷，不過並不影響訪談。

短暫交流幾分鐘後，吳梓弄得知丈夫叫李西恩，妻子叫張湘儀。兩人大學時期開始交往，數年後結婚並創業開了這間「每一天飯團」，至今已經滿七年。

「我們跟阿聆已經兩年多沒連絡了，怎麼會……」從知道消息後，李西恩一直皺緊眉心。

「我們受范先生妹妹委託，想知道他生前的事情。聽說他七年前就離家，跟你們一樣是接到消息時人已離世。方便說說關於他的回憶，或者相處方式嗎？」吳梓弄仔細看著手機上頭的提問摘要。他怕讓氣氛太差始終很小心，不禁稍微羨慕起米粟那樣毫無顧慮，平淡沒有情感的作風。

「是可以，但我們想先知道他為什麼走了。是出意外嗎？兩年前看起來還好好的，而且那麼年輕，怎麼會突然就……」張湘儀眼眶泛紅，對范原聆的離世感到相當衝擊。

「是在上個月突然離世，據說是心臟方面問題，死後三天才被發現。」吳梓弄描述的當下，不禁想像著這是如何孤獨的情景。

「聽起來他離開我們這裡之後，還是沒跟家裡連絡。」李西恩嘆了口氣，神色更憂鬱了些。

「你們都知道他的狀況？照片上看來他在你們這裡工作過，方便說說他在這段時間的事情，還有為什麼會在你們這裡工作，又為什麼離開呢？」吳梓弄一連拋出好幾個問題，拿出米粟給他的筆記本準備記錄。

李西恩一連點了好幾次頭，緩和好情緒後逐一回覆。

「阿聆大學畢業後就來這裡打工，那時候我們營收還不穩定，無法多聘一個人，但他說可以幫忙，半薪也沒關係。阿聆一做就是三年多，有段時間為了省房租，還和我們一起分租房子。多虧有他幫忙，生意開始轉好，我跟太太差點忙不過來。不過由於遇到同業競爭，我們又決定轉型，從原本的西式早餐改成以客製飯團為主，這個建議還是阿聆給的。之後我們順利轉型，在這個學區起碼有七家早餐店競爭下打出了獨有的風格。

「後來他說找到正職工作，因為通勤問題要搬走，在飯團店兼職的日子也告一個段落。平時收攤後他會幫忙照顧我們剛滿兩歲的女兒，一開始女兒很想他，一到晚上就說要找阿聆一起看故事書。他搬走之後每次要哄女兒睡覺，就特別想念阿聆，他對小孩真的很有一套，很溫柔很細心，連我們都做不到。」

「喔？真想不到。」吳梓弄有些意外，寫下好幾個關鍵字。這個反應倒是讓李西恩感到不解，「為什麼這麼說？」

「我們訪談過的其他人都說他很安靜不太與人交際，第一次聽到對小孩子有耐心的說法，有照片可以看嗎？」吳梓弄對於不曾見過面的范原聆越發感到好奇，這麼多面向的記憶讓他感到意外。

「給你看看。」李西恩拿出手機，翻出好幾張合照。

每張都是帶著微笑的范原聆，與先前看過的照片完全不同。其中幾張是范原聆與小女孩合照，小女孩多半都被抱在他懷裡，兩人笑得很開心，還有幾張是在公園拍的照片。

光靠這幾張范原聆陪這對夫妻的女兒玩耍的照片，便讓吳梓弄重新看待他，「方便把這些照片傳給我嗎？我想給范原聆的妹妹看看，他妹妹一定沒看過這樣的哥哥。」

李西恩很快就把這些照片全傳過來。一旁的張湘儀想起什麼突然起身，過了五分鐘搬著個紙箱出現，「之前阿聆有留下些東西沒帶走。我想說以後會有機會遇到，就都收在這裡，沒想到他就走了……」

張湘儀將紙箱放在桌上，裡頭有幾件裝飾品，還有從沒打開過的一疊厚厚紙袋，吳梓弄逐一確認並拍照傳給米粟。

「這個紙袋裡面居然都是紅包？」吳梓弄在夫妻兩人的見證下，小心翼翼打開紙袋，發現裡面是裝有鈔票的紅包。

金額從兩百到數千不等，每包紅包背面都寫有稱謂，細數一下總共有九包，分別是給妹妹、爸爸、媽媽，每個人各三包。

三人就這樣圍著那幾包紅包。雖然沒有任何證據，但可以猜到是什麼用意。李西恩摸著那些紅包袋重重地嘆口氣，「阿聆其實一直很想回家吧？這些過年要給的紅包不但沒送出去，還收在這種地方……」

「他常說跟爸媽關係不太好，可是又很想見他們。每年過年我們都會問他要不要回去，他每次都說這次應該會，結果直到搬出去為止，從沒見他回去過。這些就請你轉交給阿聆的妹妹吧！」張湘儀小心地將物品重新裝回紙箱，推到吳梓弄面前。

「好的，我一定親自送到他妹妹手上。」吳梓弄應聲接過。

吳梓弄訪談結束後等著米粟放學，兩人在三樓討論今天的進展。

「今天收穫很豐富，可惜我不在。」米粟看著紙箱內的物品露出淺淺笑意，預計結案時將所有東西一起交給范原美。

雖然現在有所進展，但是第三張照片的人事物還沒有得到解答。

「今天謝謝你了梓弄哥，晚上我們群組會討論一下第三張照片的事情。」米栗確認過箱子內的東西後，淡淡地道謝。吳梓弄靠在床沿邊喝著無糖紅茶，表情有點無奈。米栗將紙箱收好，轉頭就看見吳梓弄盯著他不放。

「我以為你聽到今天訪談的收穫會很開心，結果這麼平靜，你到底幾歲啊？」吳梓弄又喝下一大口冰紅茶低聲說道。

「我十七歲，而且你今天問到很多范原美很想知道的過去，我非常開心。」米栗扯出一抹笑容，但看起來像是勉強自己有所反應。

「好啦，你平常是什麼態度就那樣吧，我只是覺得你很特別而已，沒其他意思。」吳梓弄擺擺手，暗自覺得米栗剛才的假笑看來挺可憐的。

米栗隨即收起笑容，拿起手機研究起第三張照片，對他來說與人互動交際是很多餘的事。

吳梓弄就這樣看著他忙於研究那張照片，想起生前調查室的成員們，不禁感慨地說道：「我想你大部分的社交行為都花在調查室裡了吧？」

「為什麼突然這麼說？」米栗一邊將翻拍的照片放到最大，一臉困惑地抬頭。

「平常社課你永遠都坐在最後面，從不跟鄰近的同學說話。我教烏克麗麗的時候，你也是自己摸索不像其他人會互相討論。更別說鑑賞報告的單元，其他同學報告時，你的眼神都在放空。」吳梓弄放下飲料杯，俯身帶著真誠的憂心口吻問道：「米粟，你在學校有朋友嗎？」

「同班同學算嗎？」米粟眨眨眼，平靜地反問。

「你怎麼反問我？這要看你對朋友的定義是什麼，那些一天只說上三句話的同學，應該談不上是朋友吧？」

「如果按照你的說法，這樣……梓弄哥現在算得上是我的朋友。」

吳梓弄聞言嘴巴微張，猶豫好一陣子後才說：「好吧，聽到你這樣說還滿欣慰的，至少還有我。」

「嗯……你也這樣認為的話，我們就是朋友。」米粟沒有反駁，低頭繼續研究照片。

吳梓弄看著米粟的身影，想起這幾天來跟著訪談的回憶，對照米粟的處事態度，他一方面覺得很矛盾，卻又覺得跟著米粟經歷了平常不曾體會過的事。

「梓弄哥，你是不是還有問題？一直在嘆氣。」米粟眉心微微皺緊問道。

吳梓弄看著少年那雙清澈的眼神，花了點時間整理好思緒才開口：「只是想到這幾天，我明明完全不認識范原聆，卻聽了好多關於他的故事，感覺對他漸漸熟了起來，這種感覺有點奇怪。而你這種生人勿近，剛剛還在說沒什麼朋友的傢伙，卻費盡心力調查一個陌生人的一切，真是矛盾。」

米粟只是微微彎起嘴角，沒有說任何話。吳梓弄也沒有繼續說下去，連日相處下來他已經理解米粟除了生前調查的事情以外不太愛說話，剛才給一個微笑已經是最大程度的親切了。

吳梓弄就這樣盯著米粟作業，想起一開始曾問過米粟為什麼想做這種事。經過這幾天的相處，他隱約覺得米粟沒有說實話。儘管很想再追問，但在曉得米粟不會願意說明的情況下，他選擇再次把問題吞回肚子裡。

就在這時吳梓弄的手機突然響了，他連忙拿起一看，是李西恩的手機號碼。

「怎麼這時候打來，和范原聆的事情有關嗎？」

米粟聽到關鍵字，連忙望向吳梓弄。吳梓弄一邊接聽手機，一邊與米粟對望，五分鐘後才掛斷。

「怎麼了？」米粟連忙問道。

「李先生說想起有件事漏掉沒提，范原聆曾告訴過他們後來的工作地點。他剛剛把依稀記得的店名告訴我了，但是不太確定正確名稱，我們可能得查很久。」

之後米粟與吳梓弄終於明白李西恩為何這麼說。因為那是個很常見的餐廳名字，光是搜尋關鍵字，就有上百筆資料等著他們逐一確認。

第四章

世人眼中的孤獨（四）

「這個線索有跟沒有一樣。」吳梓弄仍然在米栗的房間裡，拿著手機一邊看群組討論，一邊幫忙搜尋李西恩提到的餐廳。從店名看來是海產或熱炒為主的店家，但名字實在太大眾化，光這個縣市就有好幾家名字一樣的餐廳。

雖說有些客人會寫評論還附照片，讓吳梓弄得以仰賴這些線索逐一淘汰選項，但是一一比對下來也耗了不少精神，幾乎沒時間參與群組討論。他甚至為了這件事，今天沒有下樓幫忙飯館的生意。

這邊米栗倒是與成員們聊得熱絡，畢竟解謎找出答案才是這些人們加入生前調查室的原因。

無糖臺南人：「用他生前最後的居住地點，擴大範圍去找那間餐廳，這辦法可行嗎？」

米栗：「透過六十六號妹妹提供的資料得知，他在一年前換過工作，至於是什麼工作並不清楚。在這家店到底是兼職還是全職，目前也沒有線索。」

長頸鹿：「不能靠其他的資料確定嗎？起碼可以查有沒有勞健保，看他掛在哪個單位下？」

米栗：「這件事走路靠右當初有建議，查了之後發現掛在餐飲職業相關的工會下面，他沒有固定雇主。」

無糖臺南人：「這下我以為最有機會的建議又破滅了，嗚嗚……」

米栗：「別沮喪，至少從現在看來六十六號應該都是找餐飲類工作，還有工會所屬縣市也能縮小範圍，可以確定他一直待在這個縣市。」

便當店王子：「但是在這個縣市有好幾家名字一模一樣的餐廳，你打算怎麼找？」

米栗沒想到吳梓弄會突然留言，瞬間腦袋空白轉頭看著靠在床沿滑手機的青年。吳梓弄冷靜地與他對望，不解這有什麼好吃驚的，「幹嘛？我說錯話了嗎？」

「我以為你只會看我們討論……」

吳梓弄聳聳肩，就這樣加入群組討論。而其他成員也沒有因為突然出現陌生人感到奇怪，甚至就這樣順著他拋出的問題一路討論下去。

「我只是看你們聊的內容越看越有趣，忍不住就加入了，有造成你的困擾嗎？」吳梓弄無辜地問道，畢竟當初有說好他只看討論不介入，如今的確是違背承諾了。

「可以，只是……沒想到你就這樣加入討論，有點意外。」米栗沒有多說什麼，轉身重回討論的行列。

兩人就這樣在同一個空間，一個使用筆電、一個使用手機討論范原聆的線索。吳梓弄偶爾會抬頭看看那抹單薄瘦弱的身影，明明知道彼此的真面目，但是在群組裡他們又像僅是同好的交情，自然討論著死者的過去。

吳梓弄這幾天已經在心頭冒出許多次相同的感想，利用匿名功能建立這個地下祕密社團真的是件好事。能不用顧慮地發表意見，就算起爭執也只要針對事情說開就好，一點都不影響現實生活的交友，最早建立這個規則的人真有遠見。

吳梓弄就在一邊感嘆一邊討論下，也跟著整理出不少方向。八點半時門外傳來吳爸爸的聲音：「米栗啊，你在裡面嗎？我幫你送晚餐上來了。」

米栗一聽到立刻起身開門，這位長輩總是一副佛祖般的和藹笑容讓他相當喜歡。

吳爸爸此時也看到自家兒子靠在床邊滑手機，一臉困惑地問：「你們兩個到底在忙什麼？忙到都沒時間下樓拿晚餐。」

米栗低頭看著手上的便當盒，發現吳爸爸準備了兩份，顯然另一份是要給吳梓弄。「在查一些事情，因為有點複雜所以請梓弄哥幫我。」

吳梓弄就這樣順著米栗的說明對老爸點點頭，又看著自己正在搜尋的關鍵字，靈光一閃連忙起身，將那張范原聆穿著圍裙的照片放到最大來到爸爸面前，「爸，剛好想問你一件事。」

「要做什麼？」吳爸爸看著他手機上的畫面，只有一個人上半身的一角，圍裙上繡有餐廳的名字。

「你聽過這家店嗎？畢竟都是做吃的。」吳梓弄完全是試看看也好的態度，並不抱任何希望。

吳爸爸拿起戴在臉上的老花眼鏡，瞇眼仔細看，「我看看……喔？這家我知道啊，是間很有名的海產店，不過在一年半前換過老闆，我前陣子跟幾個老同學去過那裡喝酒吃飯。」

吳爸爸此話一出，換來吳梓弄與米栗大感意外的驚訝表情，室內更是瀰漫著一陣奇怪的寂靜。

「怎麼了？」吳爸爸對於他們動也不動的樣子感到有些不安。

率先回過神的是吳梓弄，他興奮地攀住爸爸的肩膀喊道：「爸！真想不到你一句話就可以解答，早知道剛才直接下樓問你，也不用花時間在那邊查，查到我眼睛都快脫窗了。」

「雖然不太懂你們在幹嘛，但是有幫上忙就好。」吳爸爸重新將眼鏡戴好，看著兩個年輕人對他投以感激的目光，心裡不由得產生一股自豪。

「爸，可以給我那間店的地址，還有其他資訊嗎？」吳梓弄顯然已經學會米栗訪談查事情的訣竅，立刻追問。

吳爸爸很大方給了所有資料，交代他們要記得吃晚餐後，就帶著愉快的腳步離開下樓。米栗表情輕鬆地看著吳梓弄，居然還露出從沒看過的溫柔淺笑。

「看來有進展你很開心啊。」吳梓弄忍不住捏著他的臉頰笑道，心想這小子也有這麼像個一般人的時候，平常真該多笑一點。

「沒想到線索可以這麼快就查到。」米栗看著剛才記錄下來的地址與電話，臉上仍然是那抹淺淺的笑容。

「好啦，既然有進展就先吃晚飯吧！剛好我今天為了忙這些事到現在都沒吃，要來盯著你乖乖吃飯啊。」吳梓弄毫不客氣地轉移話題，馬上熟門熟路地找出折疊桌，迅速將便當擺好，連坐墊都貼心地安放完畢。

米栗收起剛才的笑容，取而代之的是無奈表情。開心的時間連一分鐘都不到，馬上就進入他最有壓力的環節，吳梓弄盯著他吃飯——

「還愣在那邊幹嘛？反正還有點時間，順便跟你討論後續怎麼進行。」吳梓弄朝他招招手催促。米栗無聲地嘆口氣後，還是乖乖地坐在指定位置吃晚餐。

期間吳梓弄不斷提醒他不可以挑食，又夾雜著范原聆的話題，讓米栗覺得這頓晚餐還真累人。但也不是沒有進展，他們決定明天放學後一起去那間餐廳探探。

「老樣子，放學後校門口見，我騎機車載你。」接近午夜十二點，吳梓弄準備回到二樓休息時不忘提醒米栗。這天的調查就暫告一段落。

下午四點半，吳梓弄大剌剌地停在校門口附近等米栗放學。畢竟是社團指導老師，校內還是有些學生認得他，見他出現不免感到好奇。加上他平常教課開朗活潑，跟學生大都是介於老師與朋友之間的關係，一認出他便馬上上前搭話，聊些沒什麼營養的內容。

米栗剛步出校門就撞見這個情景，向來討厭人群的他，就這樣遠遠站著不知如何靠近，還是吳梓弄越過好幾個人發現他呆站在校門口。

「我要接的人出來了，先這樣吧。」吳梓弄見米栗動也不動，直接越過人群抓住他的手腕往自己的機車走，「走啦！不是跟對方約好五點半以前到？他們晚餐時間會很忙，要抓緊時間。」

「我知道，只是你身邊一堆人，看了就不想接近。」米栗低著頭還抓高衣領試圖擋住臉，就算遮起來也能感受到好幾道視線正盯著自己看。

「又沒關係，社團其他同學約下週打球，你跟不跟？」吳梓弄遞給他安全帽邊問道。

「不去，想也知道我不可能參加……」米栗小聲說著戴好安全帽。

其他學生見吳梓弄要帶米栗離開，自然而然問道：「吳老師，宋彤米跟你是什麼關係啊？」

吳梓弄已經跨上機車發動，不忘回頭確認米栗是否坐穩，面對學生的提問沒有多想就回答：「最近住進我家的弟弟，今天剛好有事所以來接他。」

他注意到米栗沒把安全帽扣好，正要提醒米栗，聽到意外回答的學生又看了米粟一眼，「原來他是你弟弟喔？」

吳梓弄總算幫米粟調整好，急忙向學生敷衍道：「他一個人住在我家，當然要照顧啊！好啦，我們來不及了，你再跟我說下週打球的時間啊。」

吳梓弄揮揮手後加速機車遠離人群。米粟從頭到尾都保持沉默，雙手緊抓著機車後方桿子，吳梓弄趁著停紅綠燈時把米粟的手拉過來。

「抱住我的腰，上次說過了，騎車這樣抓住比較安全，別見外。」

「唔。」米粟被迫抓住吳梓弄的衣服，心裡滿滿的無奈。機車前進好一段路後他才說：「梓弄哥，你剛剛的說法會招人誤會。同學八成明天會來問我到底跟你是什麼關係，有夠麻煩的……」

米粟一想到明天得花力氣解釋就感到疲倦，正在思考如何用最少的字數說清楚。吳梓弄不懂他厭惡社交的心理，騎著機車吹著風，不禁愜意地笑出聲直說：「你想太多了，簡單說明就好啦。那家海產店意外離高中兩個路口就到，范原聆生前都在這附近生活嗎？不曉得有沒有在路上偶遇過呢。」

吳梓弄發出一聲長嘆，對這位不曾見過的調查對象越來越在意。幾天不斷追尋這個人過去的事情，讓他不知為何對當事人產生了一點點好感。

「說不定有……聽說他是上耘高中的畢業校友，搞不好連我也遇過他。」米粟望著路上的風景，開始想像瘦瘦高高的范原聆於人行道走路的樣子，說不定這段路也曾是這個人的通勤路線。米粟再次輕聲地嘆口氣，體會到什麼叫做風景依舊但人事已非。

「快到了，就是前面那個霓虹燈招牌。」

吳梓弄順利找到停車格，米粟則站在那家海產店門前，仰頭看著整間店面。由於還不到營業時間，鐵門是半開的狀態，但是能聽見裡面有人走動的聲音，還有陣陣食物香味。

「好了，我透過我爸跟這家店的人連繫過，可以不用拘束盡量問。」吳梓弄靠近米粟，順勢勾住他的肩膀往前走。

「喔……」米粟下意識縮起肩膀。不是討厭而是他不習慣吳梓弄這種喜歡用肢體語言表達親近的人。

吳梓弄率先上前交涉，他彎身探進鐵門內說了幾句話，很快就有人前來招呼。

「你就是老吳的兒子啊？」來人是個與吳爸爸年紀相仿的男性，他熱情地招呼並拉開半掩的鐵門讓兩人進店內。

「林伯伯抱歉啊！在你開店前打擾。」吳梓弄又一次彎身道謝。

「你太客氣啦！剛好我跟老吳同梯，也很久沒見到他了，是說你們說有事情想問？」林伯伯很親切好客，將他們帶到靠牆的圓桌坐下，居然還開了一瓶芭樂汁替他們倒滿杯子。

「我們想找一個人，不過因為這裡換過老闆，呃……我想先確定，林伯伯有沒有看過這個人？」吳梓弄說話的同時，連忙將手機內的照片展示給林伯伯看。

林伯伯看著那張照片好一會，眉頭也越皺越緊，他的反應讓米粟與吳梓弄相當忐忑。

「中間那個男生啊？我好像有見過。這張照片是我們的廚房沒錯，我接手之後內場的設備沒什麼改，原本這間店生意其實就不錯。」

林伯伯的回答讓兩人安下心來，就著對方的回答乘勝追擊，「林伯伯，你是在什麼情況下見過中間這個人啊？」吳梓弄為了讓他能看得更清楚，還貼心放大照片。

林伯伯又看了照片一眼，露出惋惜的表情才說：「我沒記錯的話，他是這家店原本的掌廚。我來跟原店主談盤讓時生意其實不差，他們還招待了幾盤招牌菜，都是這個年輕人做的，味道很好。我還問他有沒有興趣留下來繼續掌廚，結果被委婉拒絕，說是店主要走也想跟著離開。」

「原來他以前當過掌廚……他跟原本的店主又是什麼關係你知道嗎？」吳梓弄忙著追問，一旁的米粟反倒成了這次記錄重點的人。

「我只是聽說啦。」林伯伯突然壓低聲音，向兩人招手要他們更湊近些，用著相當小的音量說道：「原本的店主是個女性，本來這家店是跟她丈夫一起經營，丈夫負責掌廚。但是大約八年前左右丈夫意外過世，她就獨自扛下整間店繼續經營。這個男生好像是來打工，一陣子後變成掌廚。後來這條街上的人都在謠傳——」

林伯伯再次停頓下來，看了兩人好一會，以八卦的口吻繼續說道：「這個男生跟店主好像在交往。大家都知道店主在八年前就成了寡婦，也沒看過她談新的感情，誰都想不到這兩人會在一起。」

「兩人可能在交往！」吳梓弄不禁露出驚訝的反應，一旁的米粟則安靜看著自己抄寫的重點陷入沉思。

「是啊，雖說無法證實，但從他們的互動來看真的很像情侶。」林伯伯想了想感嘆地說：「你這表情我懂，我們也覺得不太可能，畢竟年紀實在差太多了。」

「林伯伯，聽起來盤讓之前的情形你也知道一些？」米栗還是很冷靜，甚至突然開口提問。從這瞬間訪談的主導權回到他手上，他似乎也有這個打算，把筆記本往吳梓弄的身上塞，暗示換手。

「是知道，不過有一些是附近的謠傳。」

米栗不著痕跡地呼口氣。沒有證實的傳言基本上他不會採用，不過這種情況還是會多問一些，如果之後確定為真實便可放進調查記錄裡。他看著林伯伯，決定換個方式繼續追問下去，「林伯伯買下這裡之前是常客嗎？」

「頻率沒那麼高，不過偶爾聚餐的時候就會來這裡，他們家的菜色真的很好吃也有獨特的調味。我接手時也買下了他們的食譜，店主丈夫雖然已經離世，但之所以能繼續經營，就是因為有留下這些，接手的掌廚就是靠這個延續原先的口味。」林伯伯好似回到當時的情境，能理解他有多愛這家店才會想保留這一切。

「所以是這個人接手店主丈夫掌廚的位置嗎？」米粟指著手機上照片又問道。

「對，不過一開始他像是打工而已，負責在內場切菜整理，做些步驟簡單的料理，真正掌廚是幾年前，不過……」林伯伯仰頭想了一會後，好像想起了什麼事，慢慢起身，「等等，我去找一下，這個男生說不定其實更早之前就跟原店主夫妻認識。」

林伯伯向他們比出稍等的手勢，轉身走進內場好一會，從裡頭拿出一本破舊的相簿。

「這個是原店主忘了帶走的相簿，一直沒有機會交還。」林伯伯邊說邊把相簿上的一層灰吹散。吳梓弄與米粟都帶著期待的目光仔細盯著，同時產生今天訪談將會有驚喜的預感。

「我前陣子翻了一下，裡面都是很久以前拍的照片。」林伯伯翻開第一頁，裡頭夾著八張年代不一的照片。其中一張背景就是廚房，年輕的夫婦和好幾名年紀相近的男女坐在圓桌前。

林伯伯指著那張照片笑道：「這個男人就是店主的丈夫，滿帥的，這張起碼是十年以上的照片，左邊這個女性就是店主。」

他緊接著又往後翻了好幾頁，才停下說道：「這張應該也很久了，你們仔細看看坐在最前面的人。」

米栗與吳梓弄看著他指頭指著的地方，露出驚訝的表情。

「是范原聆，而且還穿著上耘高中的制服。」吳梓弄一下子就看出端倪，只是沒料到會取得這麼久以前的記錄。

「高中就跟他們認識了？但是范先生留下來的東西裡完全沒有這些線索呢。」米栗一手撐著下巴陷入沉思。回想先前每位接受過訪談的人，幾乎沒有對於范原聆離家出走之前的回憶，就算是親妹妹范原美，也只有哥哥總是沉默寡言的印象。

「你們說的這個范原聆，當時似乎有空就會來這裡打工，不過時間都不長。」林伯伯又翻開下一頁，指著其中一張照片，「你們看，這是我，後面這個端著啤酒的男孩，應該就是范原聆。」

米栗與吳梓弄俯身幾乎快貼到照片上，他們看得非常仔細，還是高中生模樣的范原聆令人感到新鮮。

「林伯伯，能說說當時的情形嗎？記得多少都好。」米栗抬頭真誠地拜託，一旁的吳梓弄也跟著點頭。

「你們跟這個男生是什麼關係啊？」林伯伯看著他們熱烈的目光，忍不住噴笑出聲，同時也很好奇緣由。

「我們跟這個男生的家人認識，因為一些原因需要幫他們調查他的過去。」米栗早就習慣被問起時有套無懈可擊的說法。

「喔？怎麼不去找這個人當面問問？」

「他……已經不在了。」吳梓弄婉轉地說。

這下換林伯伯不由得一陣錯愕，拔高音調反問：「他也死了？」

米栗對他的說法非常介意，隱約有不好的預感，「也？這是什麼意思？」

「原店主也就是這位女性，在一年前離世了。」林伯伯此時苦笑一聲才說：「說到這裡，你們應該猜得到盤讓的原因了。」

「所以，這位女士也已經……」米栗難掩失落，沒料到可能是最清楚范原聆事情的人居然也走了。

「真想不到，居然先後離世……這個范原聆什麼時候走的？」林伯伯也被他們低落的情緒感染，輕聲問道。

「上個月。」米粟並不打算說細節，鬱悶的表情也讓林伯伯不再追問。

「原店主一年半前決定盤讓，是因為身體出狀況嗎？」吳梓弄看著筆記本上的線索問道。

「詳細情形不太清楚，但是交接的時候，原店主整個爆瘦完全是皮包骨，我覺得她應該是生了重病才不得不把海產店盤讓。」林伯伯看著那張自己與范原聆的合照，思緒回到當時，「那時候她雖然氣色不好，但是還有說話的力氣。范原聆當時就跟在旁邊，從沒有開口說話，唯一的舉動就是握住原店主的手。」

「原來如此。那林伯伯有什麼關於這張合照的回憶嗎？」米粟雖然覺得可惜，還是溫和地將話題引導回最初的照片。

「啊，對對，我差點忘了這回事。剛剛也說了，那時候范原聆有空就會來幫忙端端盤子、洗個碗，因為不熟悉還常常摔破碗盤。」林伯伯不斷搖頭無奈笑道：「店主夫婦常常一聽到聲響就跑出來道歉，一邊安撫不知所措的他，一邊把滿地的碎屑清乾淨。既然老闆夫婦都不生氣，我們客人也就沒有發怒的餘地。」

林伯伯說到此處突然安靜了下來，幾秒後帶著嘶啞的聲音說道：「然後看他漸漸上手，也會跟我們聊天，比較常笑，其實親眼看到他的轉變還滿欣慰的。」

「為什麼這麼說呢？」米栗觀察到林伯伯的目光裡藏著懷念與惋惜，這是他最常看到的反應，對一個人想念時特別容易出現這種眼神，那是一種思念的證明。

「他一開始的時候態度很冷淡，我們都覺得他不太禮貌，來打工就應該要學著怎麼應對客人才對。後來才知道他跟家裡關係不好，是偷偷來打工。」

「他妹妹沒跟我們提過這件事……」米栗不禁會心一笑，只要當事人瞞得夠好，除非像他這般追根究底，否則不可能挖掘出來。

「那還用說，聽說他在上耘高中成績很好，也依稀記得他家教很嚴，父母要是知道兒子在海產店打工不生氣才怪。」

「我還以為他是乖乖牌，沒想到還是有些叛逆行為。」吳梓弄一邊抄寫重點，一邊露出佩服的笑意。

「不過他是怎麼隱瞞的？如果頻繁幾個小時都連繫不到人，他的爸媽一定會起疑吧？」米栗好奇地問道，卻換來林伯伯想笑又感到懷念的複雜情緒。

「他應該是想盡各種辦法躲藏，聽說都是用補習的名義掩護。自從我們知道後，只要看到他來打工的日子，就會揶揄『又來海產店補習啦！』他的反應總是害羞地笑笑，要我們盡量幫忙裝作不知情。」林伯伯徹底沉浸在過去裡，不禁拍著大腿大笑一番，但當他收起笑容時，似乎又想起這個人已經離世，不禁露出婉惜的神情。

「怎麼會突然就走了呢？也才十年不到的時間，這些人居然都陸續離世……」林伯伯環顧店內一圈後才說道：「當初接手時我保留了八成的東西，現在的桌椅幾乎都是一開始就在的家具，你們看照片就知道。」

意外得知范原聆高中時期的事情，對他們來說是非常大的收穫，米栗可以想像范原美聽聞此事的反應。眼看在這裡打聽到的消息已經差不多，他準備收尾離開，「林伯伯，請問你是否有認識原店主的親人，或熟悉這兩人的朋友呢？」

「唔……我是知道原店主有個兒子，現在年紀應該跟你們差不多大，沒記錯的話也是念上耘高中。」

「她還有個高中生兒子？」吳梓弄不禁聲量大了些，同時與米粟四目交接。

雖然只有短短幾秒，但是雙方的反應一致，判斷勢必要連繫上這個兒子。

「是啊！不過他以前不常出現在店裡，偶爾才會被叫來幫忙。」

「林伯伯，你有他的連繫方式嗎？」米粟忍不住又更靠近些，想問出更多詳情。

「這個嘛……可惜我這裡只有以前的連繫方式。」林伯伯從皮夾裡找出一張破舊的名片。上頭寫著這家海產店的名字，下方則是寫著「朱店長」還有幾支電話號碼。

「原店主叫王禮裙，朱是她丈夫的姓氏，因為大家都叫習慣了就一直沿用下去。」林伯伯在他們面前撥打上頭的號碼，可惜全都成了空號。

「林伯伯，請問你知道那個高中生的名字嗎？」米粟想了想又問。

「我不太清楚，印象中聽過店主叫他『阿道』，范原聆則叫他『小道』，至於全名就不曉得了。」

米粟連忙提醒吳梓弄記錄下來，又繼續追問：「林伯伯知道店主的兒子大概幾年級嗎？」

「如果沒錯的話，今年應該讀高二。抱歉啊，我跟她兒子比較不熟，能給的線索有限。」

「沒關係，林伯伯，這些就很夠了。」米栗輕聲向他道謝。

同時也差不多到海產店營業時間，兩人在林伯伯親切的道別下離開。

回程路上，吳梓弄趁著停紅燈的空檔耐不住疑惑問道：「你有方向嗎？要怎麼找？」

「知道王禮裙的兒子念上耘高中就好處理了。」米栗看著家家飯館的招牌逐漸逼近，已經可以看到不少人在開放式的店面裡挑菜色買便當。

不過今天生意還不至於忙不過來，所以這天吳梓弄又以要陪米栗做功課為由，逃過當免費員工的任務。

兩人直直往三樓的方向前進，走在前頭的米栗忍不住悶聲說道：「我其實可以自己處理，梓弄哥不該這樣對吳伯伯說謊。」

「偶爾善意的謊言不會怎樣啦！況且我也想知道你要怎麼查。」吳梓弄一到三樓就找出坐墊、擺好折疊桌，熟練的程度讓目睹全程的米栗感到無奈。

「來吧，順便喝個紅茶，剛才說太多話口很渴。」吳梓弄向米栗招手催促道。

米栗看著那杯冰涼的手搖飲，忍不住舔舔唇，最終還是妥協於吳梓弄有點雞婆又貼心的行為。

「今天我打算提早跟調查室的成員討論，這時間可能不好湊齊就是了。」米栗邊說邊打開筆電，飛快地輸入群組密碼，將今天收集到的線索整理好發送出去。

米栗：「今天有事情想請大家幫個忙。六十六號下一位要訪談的對象，需要大家幫忙找人，如有連繫管道的人請私訊跟我說。」

走路靠右：「快把要找的人的資料傳上來吧。」

鮮少跟上即時討論的走路靠右居然是這次率先發言的人，也讓吳梓弄特別在意。這個人像是生前調查室裡的班長，負責統整所有討論內容。雖然秉持不探問隱私的原則，但同樣身為上耘高中校友的吳梓弄還是很好奇，他到底是哪個學弟妹。

米栗：「六十六號與一位上耘高中的學生關係很密切，目前只知道對方可

能念二年級，暱稱『阿道』或『小道』。」

小暖：「只有這樣？」

米粟：「能透露的只有這兩個線索，是否有人認識或有聽說呢？」

長頸鹿：「我不是二年級，完全沒聽過。」

木可可：「沒聽過，我也不是二年級。」

無糖臺南人：「唔……我知道有兩個人名字符合條件，現在傳他們的班級跟名字給你。」

米粟：「麻煩你了。」

生前調查室的群組頓時安靜了數秒，木可可很快就把資訊傳給米粟。同樣等著答案的吳梓弄趴在桌上，居然有那麼點緊張，一與米粟對上視線馬上追問：「如何？」

米粟的反應卻是無聲嘆口氣並搖搖頭，接著在生前調查室裡回覆訊息。

米粟：「謝謝木可可，很可惜有條件不符合，這兩個不是我要找的人。」

木可可：「這樣啊，那就可惜了。」

初一吃素：「我這裡也有一個人選。」

米粟接下來陸續收到群組成員傳來的名單，算一算起碼有七位人選，但是全都不符合條件，直到他看見名為蘇臨右的私人帳號浮出。

蘇臨右：「這樣一個一個排除找到明天也沒結果，我直接跟學生會的人要到了二年級的學生名單，你比對看看吧。」

米粟看到傳來的文件與訊息，頓時鬆了口氣。雖然一開始對這個祕密社團收了個前任學生會長感到不安，但是事實證明有這個人在，一旦事情與上耘高中有關，靠他就能順利解決。

米粟看著那一長串名單，藏不住心裡的喜悅彎起嘴角。

「怎麼了？有好消息了？」吳梓弄很快就發現他的情緒轉變，喝下一大口紅茶笑著問道。

「我可能知道是誰了。」米粟從那一長串的名字裡，發現非常有可能就是他們要找的人，「二年三班，朱秀道。」

第五章

世人眼中的孤獨（五）

上午第一堂數學課剛結束，米栗就已經耗費掉大半的精神，不過他還有非常重要的事必須做。

「二年三班、二年三班……」他邊走邊偷偷打哈欠，本來天生陰沉的臉這下子看起來更糟。

米栗在抵達另一間教室門口前輕拍臉頰，試圖看起來更有朝氣些。他準備就緒，隨便抓個剛好離門口最近的女同學，彎起嘴角放輕聲音問：「請問朱秀道在嗎？」

被攔住的女同學先是看了他一眼，就轉頭朝內大喊「朱秀道！有人找你——」，不等米栗回應就越過他離開教室。

米栗站在門口，看著一名比他高大不少的少年緩緩而來。來人是個相貌普通、氣質乾淨、皮膚白皙的類性，米栗還能分神地想著他的褲管好像有點短，是短時間內長高的關係嗎？

朱秀道來到教室門口，看著米栗時滿臉寫著「你是誰？」的反應。他還沒開口問，米栗就先釋出善意，「我是二年五班的宋形米，你可以叫我米栗。我有點事情想請教你。」

米粟說完還向他微微點頭。朱秀道雖然還是有那麼點狐疑，但是看在米粟還算客氣的態度，還是禮貌性地應聲點頭，「有什麼事情？」

米粟掏出手機點開范原聆的照片展示給他看，「請問你認識這位叫做范原聆的男人嗎？」

朱秀道看著那張照片幾秒，皺起眉充滿防備地問道：「你問這個要做什麼？」

米粟感受到對方的不友善，但光憑這一瞬間無法判斷是討厭，還是單純想保護隱私，他努力委婉說明讓氣氛不要那麼糟糕，「我受人委託，想調查一下他生前的人際關係，主要是要記錄他的經歷。」

「生前？」朱秀道微微提高音調反問，情緒明顯頓時低落許多。

米粟停頓幾秒，從朱秀道的反應看來，顯然已經有好段時間沒跟范原聆連繫，於是他小心翼翼地補充，「他……在上個月因為心臟的問題離世了。」

「上個月？怎麼可能，半年前他看來還好好的啊，我媽的週年忌他還有來。怎麼可能……」朱秀道頻頻低語，顯然對於范原聆的死訊相當震驚。

米粟此時又更謹慎地問道：「我們可以約個時間聊聊，我可以告訴你關於他的事情。」

朱秀道看了他一眼，雖然仍然有那麼點抗拒，最終還是答應下來，微微點頭說道：「就約中午吧，販賣部前面的公共用餐區見。」

接近中午用餐時間時，遠在另一端上課的吳梓弄相當關心進度，趁空傳了好幾則訊息給米栗詢問狀況。

米栗：「我順利約到人了，有什麼進度放學後會整理給你。」

吳梓弄：「好吧，要不是今天系上有活動，真想去聽聽看。」

米栗：「我會如實告訴你，請安心忙自己的事吧。」

就在此時午休鈴聲響起，米栗拎著吳爸爸用剩下食材替他做的營養均衡便當，前往朱秀道指定的地點會合。對方已經坐在其中一張桌椅前等待。

「我來遲了，抱歉打擾你的用餐時間。」米栗連忙坐下。朱秀道面前放著從販賣部買來的便當，但看來沒什麼食欲的樣子，只是一直用筷子戳著雞腿。因為氣氛實在太糟，米栗也只能靜靜地看著對方。

「怎麼會突然就走了呢，他到底……」朱秀道相當懊惱，最後放下筷子抬頭問：「他走的時候是什麼情形？」

「我只是受他家人委託，所以也是聽轉述得知。據說他一個人住在這附近的公寓，是同事連繫不上來住處查看，才發現他倒臥在客廳裡。出事當下剛好碰到週末，被發現時已經過了三天。」

「他該不會是想跟著我媽一起離開才變這樣吧？」朱秀道抿著嘴，反應更加失落了。

「可以冒昧確認一下，你媽媽是不是王禮裙小姐？」

「連我媽的名字都查到了？也太厲害了，你怎麼知道我的？」

「我查到你媽媽以前經營的海產店，發現已經盤讓給一位林伯伯，向他打聽到你的資訊。剛好我跟你同校，就直接來找你了。」

「喔，所以你找我就是想知道那傢伙的事情？」

「是的，范先生的妹妹想知道他生前的種種，所以拜託我幫忙調查。」

「連這種事都可以委託，世界上的怪事真多。」朱秀道沉吟一會才反問：「你想問什麼？」

「我想知道范先生跟你媽媽是什麼關係？聽說范先生高中時候就認識你父

母，在那間海產店打工過是嗎？」

「居然這種事都查到了，你也太猛。那時候我還很小沒什麼印象，但從有記憶開始，那個人就經常出現在視線範圍裡。他跟我爸媽關係還不錯，小學的時候有幾次他們太忙無法接我放學，還會拜託那個人來接。」朱秀道說到此又停頓了下來。

從凝重的表情、刻意迴避稱呼來看，朱秀道似乎不太喜歡范原聆，但米栗並沒有錯過他偶爾洩漏出來的悲傷。

「你後來跟他接觸的機會多嗎？」米栗想了想，換了個婉轉的字詞。

「我剛剛不也說了，從有印象起他就一直跟我爸媽往來，後來剩下我媽，他也一直留在身邊陪著。不過當我發現他們在交往時，起初真的不怎麼喜歡他。」朱秀道露出嫌惡的表情，但是期間又夾雜好幾個嘆息，對於范原聆的情感相當複雜。

「我們有聽林伯伯說，范原聆與你媽媽似乎是情侶關係，但他也說沒有證據，只是鄰居間的猜測，所以的確是這樣嗎？」

「是啊！我可是好幾次撞見他們在內場廚房角落接吻，真的是尷尬得要命。

虧我小時候還很崇拜范原聆，他還教我數學、帶我出去玩，結果原來是對我媽有好感！你知道這件事害我在那條街上有多難堪嗎？」朱秀道說到激動處不禁拍了幾下桌子。怕引來不必要的注意，他還是努力平息紊亂的呼吸冷靜下來。

「可是……」朱秀道深呼吸好幾次後，突然吐出這個字，剛才有多激動現在就有多失落，「他的喜歡一開始只是默默、安靜的喜歡，聽說來海產店打工只是想逃離那個家。後來我爸不在了，也只是單純陪伴在我媽身旁。我媽其實只大他十多歲而已，就因為是有小孩的寡婦，讓許多人看不起他們交往。」

「他沒有介入我媽跟我爸的婚姻，是家裡遭逢巨變後，剛好補上我媽最無助、最需要有人支持的空位，就只是這樣而已……雖然我一開始無法接受，但後來相處久了，不習慣也得習慣。」朱秀道說完後盯著便當許久，突然笑出聲說：「如果被他看到我又挑食不把午餐吃完，一定又會露出想勸又捨不得罵我的臉，可惜他也走了。」

朱秀道低著頭用力倒吸一口氣，顯然這個舉動壓制不了他的眼淚，一滴滴淚水就這樣落下。米栗馬上從口袋裡翻出一包面紙遞給他。

對米栗來說，一開始要面對陌生人的悲傷很是不習慣，但是隨著經驗越來越豐富，他已經能坦然接受。

朱秀道的反應並不罕見，又哭又笑，時而抱怨時而替對方說話，不完全恨著也不完全愛著對方。

「謝了，我沒想到連他也走了……」朱秀道擦著眼角，吐出一口長長的氣，表情比剛才要柔和許多。

「因為很突然，什麼都沒有留下，加上對他家人來說，從大學畢業到現在整整七年的時間是一片空白。到目前為止你提供的部分，大概是他妹妹最想知道的。」米粟很想再問更多，但是午休時間結束鈴聲很不湊巧地響起，他仰頭看著擴音機露出惋惜的表情。

朱秀道也是同樣的反應，看著正往教室走去的眾多學生們一會，突然開口問道：「可以讓我跟那個人的妹妹見面嗎？」

「啊？」米粟從沒遇過這種要求，不禁輕喊出聲。

「不可以也沒關係，只是有些事情我覺得要當面向他妹妹說才行……」

「我幫你問看看，過去委託調查時很少碰到當事人想對話，得連繫范原聆的妹妹，確認她的意願。」

前道別。

「好，那就等你的消息。」朱秀道接受米粟的說詞，兩人在師長出來催促之前道別。

米粟在放學之前就取得范原美的同意，並約定好放學後三方見面。當然他也沒忘記向吳梓弄說明這件事，否則吳梓弄肯定會問個不停。

放學時間朱秀道與米粟一同搭公車前往范原美的住處。在這段路上，兩人又聊了不少關於范原聆的往事。過程中，米粟不禁感嘆朱秀道可能是訪問對象裡面回憶最多的一位。

「他其實對我滿嚴格的。」朱秀道看著米粟手機上的照片。那是在海產店拍的合照，站在中間的是掌廚范原聆，左邊是王禮裙，右邊是偶爾會來幫忙的小阿姨，這張照片裡面並沒有他。

「仔細一想，我跟他相處這麼多年，居然從沒拍過合照……」

「他留下來的照片大概是我接受過的委託對象裡最少的，能訪談的人也很少。我很想幫他家人把這七年的空白補足，謝謝你願意接受訪談。」米粟露出感激的笑意。

朱秀道以微笑回應，接著好奇問道：「你為什麼想做這種事？這麼認真查一個死人的過去有點奇特。」

「因為我有類似的經驗，我想這個世上一定有不少人也有一樣的想法，比如這個——」米粟展示另一張照片，那是范原聆與李西恩夫婦的合照。

「這是什麼？」朱秀道第一次看到這張照片，對這一切感到陌生。

「他大學畢業後，曾在同校學長開設的飯團店打工過一段時間，還與這對夫婦分租房子一起生活。他們有一個小女兒，范原聆有空就會幫忙帶小孩。」

朱秀道聽聞，嘴巴微張呆滯許久才說：「他從沒跟我們提過這件事，那時候他只有傍晚才會出現，陪我做功課、幫我媽備料。那是我們最辛苦的時期，他一直在幫我媽分擔店內的工作，就是因為這樣我媽才會對他產生好感。很多人都以為是他追求我媽，事實上是反過來，後來還聽我媽說她其實煩惱好久，覺得那傢伙太年輕，如果表達愛意的話說不定會被嚇跑。」

朱秀道想起當時的情景，望著前方的街景忍不住失笑出聲。

「原來是這樣，范原聆先生似乎是個很被動的人？」米粟馬上點開手機的筆記功能，將朱秀道說的重點記錄下來。

「感情上很被動，但是對認定親近的人就會比誰都主動。不過真的太過安靜，所以從不知道他心裡在想什麼。他在這家飯團店工作多久？我記得在這之前他還有在超商工作過一陣子。他似乎很忙，可是又有很多時間陪伴想陪的人……」朱秀道擰起眉思考許久才說：「我以為很熟悉他，但是剛剛聽下來，還是有很多地方不了解。」

「你不是唯一一個這麼說的人，這就是我做生前調查有趣的地方。」米栗看著他苦惱的樣子，不禁笑出聲。

「真是個充滿謎團的人，最後就這樣無聲無息死去，留下一堆祕密……」朱秀道不禁嘆口氣，就在此時公車即將抵達他們要下車的地方。

「該下車了，范小姐已經在等我們了。」米栗起身按下下車鈴。朱秀道跟著起身，看著漸漸逼近的公車站，竟然覺得有些緊張。

范原美似乎也很想知道狀況，早早就在住家樓下等待，收到通知前來會合的吳梓弄則站在她身邊陪伴。

促成這次見面的米栗態度自然，一如往常領著朱秀道來到范原美的面前。

他清楚感受到除了自己以外的人都很是緊張，於是適時地勾起一抹笑意向雙方互相介紹。

「你好。」范原美眼神柔和地看著朱秀道許久才反應過來，打完招呼後還是忍不住一直盯著他。

「妳好……」朱秀道也以帶著同樣情緒的目光看著范原美，暗暗想著她與范原聆還真有幾分神似。

「范小姐，方便去妳的住處嗎？」米粟意識到雙方盯得太入神，忍不住輕咳幾聲提醒。

范原美在米粟的提醒下回神，掛著親切的笑容引導他們前往自己住處，她已經在客廳備好茶點與果汁迎接他們。

四人各自坐下後卻先是一陣沉默，誰都無法開口。米粟看著他們兩人思考如何進入正題，正打算介入時卻先被范原美搶先。「我有聽說一些細節，你跟我哥哥很久以前就認識了？」

「嗯……他念高中的時候就認識我爸媽了。」朱秀道挺直背脊回道。范原美不禁露出羨慕之意，讓朱秀道微微皺眉。

「看來我媽說的沒錯，那傢伙跟家人關係不太好，每次問也不多說，那個眼神就跟妳現在的反應完全一樣。」朱秀道沒了剛才的客氣，反之相當焦躁。

「是真的不好，哥哥大學畢業後幾乎失聯，直到他過世才知道就住在這附近。你跟他……應該說，你跟你媽媽與哥哥的關係很密切嗎？」

朱秀道被這麼一問，猶豫一會才說：「請妳先深呼吸一下。」

范原美突然被這麼要求，雖然很困惑還是深呼吸好幾次。朱秀道這時才緩緩開口：「他跟我媽關係是很密切，大概六年多前開始交往，但是他從高中時期就在我爸媽開的海產店打工。」

范原美聽聞，一臉呆滯地接話：「我居然都沒察覺他高中時候有打工。他以前在校成績很好，好到家人都不用擔心的程度。當然也是因為我們有很要求的父母，尤其在成績跟品行上特別嚴格……」

「這件事他提過，他說如果當時被父母發現在海產店打工，一定會被打斷腿，不過事到如今也沒關係了。」

「想不到他做過這麼多事……」范原美感嘆道，接著又問：「你說哥哥跟你媽媽交往過？可以跟我說說大概的過程嗎？」

朱秀道再次露出為難的態度，「雖然他是在我爸離世後才跟我媽交往，但是他們兩個人有年紀差距，當時背負不少壓力。然後……他跟我媽交往最初兩年，我跟他關係不太好。」

朱秀道搔搔臉頰，感受到六道注視他的視線，不禁別過頭小聲說：「我媽很尷尬，她一直想排解我跟那傢伙的關係，但是我怎麼想都覺得很不舒服，三天兩頭就跟那個人起衝突——」

他停頓一會，才又更正說法，「都是我單方面對他發脾氣就是了。他很不愛跟人起衝突，我明明說了很多不客氣的話，他態度還是很平淡。只有我挑食、太晚回家或課業有問題，讓我媽操心的事情才會干涉。」

朱秀道說到此頗為無奈地嘆了口氣。一旁的米栗忍不住帶著委屈的眼神看向吳梓弄，這些經歷與吳梓弄對待他的方式一模一樣，相似得讓人搖頭。

吳梓弄顯然有讀懂米栗眼神的含意，居然對他露出自豪的笑意，讓米栗隨即別過臉拒絕回應。朱秀道與范原美正集中於對話，絲毫沒注意到他們之間的互動。

范原美積極地詢問關於哥哥的一切，讓以往負責主導訪談的米栗在這次只能在旁當個稱職的聽眾。她好奇地眨眨眼，對她來說剛才聽到的一切像是另一個人的故事，「他對你說教時，態度會很嚴厲嗎？我從沒看過哥哥這一面。我高中時就算交了男友，他也毫無反應呢……」

「偶爾會很嚴厲，尤其我對我媽口氣比較差的時候，他會提醒要我放尊重點。每次這種時候氣氛就會很糟，他的態度會很嚴肅，還需要我媽出面調停。所以一開始真的很不喜歡他，尤其看到我媽跟他越來越親密，就會拿出我爸來嗆他。」朱秀道說到這裡，遲疑地左右看了一眼才說：「現在想想，那些行為還滿傷人的，我老是抱怨他是第三者，或許就是我常這麼說，讓他在情感這塊越來越被動。」

「很像哥哥的作風，不過我好難想像他談戀愛的樣子。雖然這樣問有點失禮，但能多說點哥哥跟你媽媽交往的事情嗎？」

范原美期待的目光讓朱秀道無法拒絕，他雖然眼底閃過一絲掙扎，最終還是點頭答應了，「我只能以自己看到的判斷，最初應該是我媽主動追他，因為我曾不小心看到我媽強硬地靠近他，那傢伙好像當機一樣靠在廚房流理臺旁，被我媽用力抱住親吻。當時我只是想去催一下遲遲沒送出的菜，那個瞬間真的是……永生難忘。」

朱秀道閉上了眼，腦海中立刻浮現出當時的情景。他的回憶其實已經有點模糊，當時只是個小學生的他，根本不了解成年人之間的感情。

在朱秀道的認知裡，以前就聽過爸媽聊起范原聆，說他很寂寞、跟家人關係很差，大學一畢業就離家出走，明明是個很乖巧的人，但很多事情總是悶著不說，所以從來沒有人知道他心裡在想什麼。爸媽很關懷同情范原聆，對他很親切，願意給他短時數的打工，提供晚餐給他吃。

後來爸爸走了，剩下媽媽一個人苦撐海產店，范原聆一直安靜地陪伴他們走出悲傷，甚至接手把掌廚的責任全擔下來了。那段時間范原聆並沒有跟他們一起住，只曉得他白天有幾個兼職，到海產店的營業時間就會前來幫忙，直到掌廚能力完全上手之後，才轉為海產店的正職。

吳梓弄聽到這裡突然恍然大悟，在腦內梳理這陣子收集到的線索說道：「這樣整理起來，他七年前在學長夫婦的飯團店兼職、分租房子的同時，其實還在默默學習如何接手海產店掌廚，這段過程花了整整三年。」

「沒錯呢。而且他沒跟任何人說，要不是我們個別訪問，恐怕這件事會永遠成謎。」米粟看著吳梓弄手上的筆記本感嘆，同時注意到對方把所有查到的事蹟很有條理整理出時間軸。雖然米粟對吳梓弄的過度關心感到困擾，但他整理資訊的技術值得讚賞。

「他就習慣什麼都不說，連跟我媽談戀愛，我起初都猜不透到底是因為我媽主動半推半就，還是他心裡也對我媽有一絲喜歡？真的看不出來……」朱秀道搖搖頭，沉思一會才說：「可是他從沒離開過，就連我媽病重時，他也幾乎犧牲掉大半時間陪伴我們，甚至還幫我負擔國中時期所有學費跟生活雜費。他不用嘴巴說，但……從我所看到的，他應該真的超愛我媽，愛到犧牲所有時間跟金錢也無所謂。」

「可是這樣的話，為何最後他沒有跟你一起生活？就算你媽媽已經不在，就算他一點也不想回來我們身邊，至少還有你吧？」范原美此時的表情非常悲傷與不解。

「我不知道他怎麼想，但是我們一起處理完我媽的後事之後，他就說想獨自生活，我也不好意思留他。他那一陣子狀態很差，好像整個魂都丟了一樣……」朱秀道看著范原美好一會，所有人都很有耐心地等待著他繼續說下去。

「事實上在喪禮結束後，我跟他有單獨一起生活過三個月的時間。因為當時小阿姨忙著搬家換工作，我的住處還沒確定下來，他便主動提議不如先一起住段時間，等到穩定後我再搬走。」

「三個月，很長的一段日子呢……我從沒跟哥哥單獨生活這麼久的時間過。跟他一起住是什麼感覺？」范原美俯身靠近他，臉上寫滿羨慕之情。

朱秀道羞澀地搔搔臉頰，同樣都失去了至親，他可以體會范原美的羨慕，更何況當事人還是她離家出走整整七年的親哥哥。

「那段時間還滿平靜的，除非我熬夜熬得太過分、環境沒整理好，他不會干涉太多，我們就像是不會深交的室友。可是偶爾一起在客廳看電視時，還能聊個天分享心得。」朱秀道習慣性地停頓，觀察著每個人的反應。三人仍舊是期望的眼神，讓他放膽繼續說下去，「現在想想那三個月才是我真正了解他的時期。他不會特別跟誰親近，但總能找到最平衡的相處方式。老實說……我雖然偶爾埋怨他跟我媽交往，不過跟他一起住的日子還滿舒服的。」

朱秀道沒想過這些看似普通的回憶，有一天回想起來時是這麼懷念。尤其范原聆只是個對他來說關係很奇怪的陌生人，如果范原聆不跟自己的媽媽交往，他們也只是彼此生命中的路人，根本不會有任何交集。

那三個月裡，海產店已經盤讓給林伯伯，他們原本賴以維生的重心消失，范原聆有將近一個月的時間都閒在家裡，不過他並非什麼都沒做，反之主動接手大半的家務和三餐。這段時間他們鮮少聊到王禮裙，彷彿她的逝世是個還不能揭露的傷口。

朱秀道深刻記得，就在一起生活的第三週，難得有機會坐在客廳長談時，自己隨口問了一句：「你接下來有什麼打算？」

范原聆喝了一口手搖飲才反問：「什麼意思？」

「等我搬去小阿姨那邊住之後，你就一個人了吧？林伯伯邀你繼續擔任掌廚的事也拒絕了，我有點好奇你接下來想做什麼？」

范原聆在此時很難得愉悅地放鬆笑出聲，朱秀道沒看過他這樣的表情，盯著那張還能偽裝成高中生的年輕臉龐許久。朱秀道沒想到這傢伙笑起來挺好看的，也多了幾分親近感，平常怎麼就是不愛笑呢。

「你也笑太久，我又不是在講笑話，到底有什麼好笑的？」朱秀道見他遲遲不回答，焦躁地問道。

沒想到換來的卻是范原聆笑得更溫柔的反應，可是朱秀道覺得對方的眼神就像快哭出來一樣。

「你跟你爸媽說了一樣的話，關心我之後的打算。我在家裡從沒機會聽到爸媽對我這麼說，所以很羨慕你。」范原聆哀傷地看著前方，朱秀道不知道他在看什麼，跟著望去才發現他正盯著放在電視旁的相框，那是朱秀道雙親與他的合照。

「沒什麼好羨慕的啦。你不也自己決定了？比如偷偷來我家海產店打工。」

「我的決定從來都不被認可，就算不跟家人提起，也能預期他們臉色會多難看，不可能贊成我想做的事。例如我很想帶裙裙回家，跟我爸媽說『這是我這輩子最愛的人，我想跟她結婚！我想跟她還有她唯一的兒子當家人』，可惜我一直沒有勇氣，直到裙裙過世，這個夢想永遠都不會實現了。」范原聆低頭哀傷嘆息，一旁的朱秀道卻聽得目瞪口呆。

「你原來想過這種事喔？我媽還說你可能是萬年男友了，怎麼不在她還活著的時候做這件事啊！吼——」朱秀道覺得太可惜，猛拍他的背部抱怨。

范原聆對朱秀道的反應感到意外，吞吞吐吐地反問：「你不是不喜歡我跟你媽交往嗎？」

「拜託喔！都看你們卿卿我我這麼多年，久了也麻木習慣了，重點是你自己怎麼想吧？」朱秀道翻了個白眼抱怨，他發現范原聆看起來像是要哭又像是要笑，「算了，現在說這些也來不及了，至少你在最後陪我媽這一段不離不棄，讓我覺得你真的很愛她，這樣也沒什麼好遺憾的了。所以你接下來到底怎麼打算？還是說你要過來跟我們一起住？小阿姨那邊還有房間，反正很熟，一起生活沒關係。」

朱秀道當下是認真這麼打算，但是范原聆卻對他搖搖頭婉拒邀請，「不了，我已經有打算好了。」

「你想做什麼呢？」朱秀道有些失落地追問。

「我小時候的夢想是當烘焙師，我已經找到可以學習的地方。可能需要幾年才能獨當一面，到時候我親手做甜點給你吃。」

「既然這樣，那就祝福你。」朱秀道拍拍他的肩。得知范原聆還有想做的事，其實心裡也安心不少。

那一夜他們互道保重，對於彼此徬徨的未來找到方向感到欣慰。

朱秀道關於范原聆的回憶，就到這裡終止。

「怎麼就這樣走了呢？說好要親自做甜點給我吃都還沒實現，以後也沒機會了……」朱秀道重重地嘆口氣，一直靜靜聆聽的范原美望著他忍不住哭出聲。

那是對故人的思念與不捨，米栗唯一能做的就是遞出衛生紙，讓范原美擦掉眼淚。

於是透過朱秀道的描述補足更多空白後，關於范原聆的生前調查也在這天正式結案。

吳梓弄看著祕密社團群組裡的討論，心情很複雜。

在「生前調查室」裡范原聆不會有本名，依照匿名規則被稱為案六十六號。

吳梓弄陪著米栗完成結案最終程序，把所有調查記錄按時間順序彙整，附上訪談者提供的照片，連遺物都細心整理好，全數交給委託人。

范原美當然收到了一直放在李西恩夫婦那邊的紅包袋，她靜靜地從箱子裡拿出米栗整理好的一切，最後緊握著那九封遲遲沒有送出去的紅包低頭哭泣。

「他明明就有想過要回來，為什麼不回來呢。」先前都保持冷靜的她，在那一刻哭得相當傷心。米粟與吳梓弄依然只能靜靜陪伴在側直到她心情平復。

米粟結束范原聆生前調查後並沒有停下，當晚又為了六十七號與群組成員討論。吳梓弄這天忙完飯館的工作後，似乎心情無法平復，一直窩在米粟的臥房裡看著討論。

米粟已經習慣他老是不請自來，只是偶爾會看看吳梓弄難以忽視的失落臉色。直到討論散會，吳梓弄才開口問道：「你查范原聆的生前記錄花了多久時間？」

「從接委託那天算起大概快兩個月吧？」米粟不曉得他這麼問的用意，還是乖乖照實回答。

「過程滿耗時的，你這樣收費多少？」

「唔，五百到一千不等，最多不會超過三千。」米粟越來越不懂他問這些到底要幹嘛，正想反問時卻聽到對方嘆了口氣。

「才收這樣？你是傻瓜嗎？真是的……我現在滿腦子都是范原美痛哭的畫面，如果回憶用價錢計算好像太勢利了點，但七年的回憶可以這樣填補起來，其實挺好的，我把剛才說你是傻瓜的話收回。」

吳梓弄一連串自問自答讓米栗不知如何反應，只能安靜地點頭。就在米栗覺得吳梓弄的情緒好像已經平復，想出聲趕人下樓睡覺時，卻再次被對方打斷。

「米栗，你成立生前調查室的真正原因是什麼？我很清楚你上次的回答沒有說實話。」

米栗猶豫一會，心想終究還是得面對這個問題，嘆了口氣才說：「我有個很重要的人也是類似情況，走得很突然什麼都沒留下，到現在也還沒拼湊完全那個人的過去。我想這個世上應該還有不少人有相同遭遇，所以才會成立這個社團。」

「你想查的人是誰呢？」吳梓弄接著問，卻換來米栗沉默的注視。吳梓弄很快便明白他的意思，揮揮手說道：「不方便說就算了。」

米栗很意外他偶爾為之的這份細膩對待，低聲說：「謝了。」

吳梓弄聽見他的道謝，輕輕地扯起嘴角跟著微笑。

第六章

尋找最後的禮物盒（一）

又到週三下午，本來可以打混摸魚的社課變成精實課程，加上吳梓弄因為私情特別關注他，導致米粟覺得每次下課後都特別疲憊。

最近吳梓弄安排連續四週的烏克麗麗教學課程，目標是要學會看譜演奏自選的一首歌，預計在期末成果發表。有興致的同學已經摸索得相當熟練，甚至開始挑戰練習有名的流行樂曲。

始終在初學幼幼班階段的米粟，捧著那隻水藍色襯有向日葵圖樣的烏克麗麗，用著古怪節奏彈奏兒歌。剛巡過一遍的吳梓弄又繞回米粟身邊，看他手指艱困的移動有些難受，索性抓了一把空椅來做個別指導。

「你怎麼又來了啊？」米粟苦著一張臉，想著要控制這些弦的位置還真困難。

「我都教了兩週，班上已經有人可以演奏整首歌還附帶和弦，你怎麼到現在還在初學者第一首啊？」吳梓弄抓穩自己的烏克麗麗，在米粟面前流暢地彈奏他一直在練習的曲子。

米粟停下手看他充滿自信又快樂的演奏。這個人雖然很煩人，但從不掩飾對於音樂的喜愛。見他演奏完畢，米粟不禁開口問道：「理科生怎麼會跑來當音樂社團的指導老師？」

「就是喜歡，透過學長姊引介才有機會啊，不然我爸媽根本不同意我玩音樂。」吳梓弄伸手替米粟調整手勢，引導他順利彈奏出曲子，看他手指不再那麼彆扭，滿意地點點頭。

「是喔，我以為吳伯伯是個很寬容的長輩。」米粟第一次聽吳梓弄透露家庭狀況，感到意外。那個每天晚餐都會給超量菜色的吳伯伯，看起來就像是佛祖化身一樣溫柔。

「他的確很寬容啊，不過課業上還是有所要求。他覺得我在音樂這塊喜歡歸喜歡，但沒什麼天分，所以選大學志願的時候，他難得語重心長拜託我，千萬要替未來做好打算，等穩定之後再玩音樂當興趣也不遲。」吳梓弄嘆了口氣後才接著說：「我沒看過他這麼慎重的樣子，就算心裡有滿滿不願意，還是順從他的希望。」

米粟這時終於順利彈奏完一首兒歌，看著吳梓弄淡淡地說：「你有個好爸爸，有點羨慕。」

吳梓弄知道米粟從不提家裡的事，加上聽到他這麼說，正想開口詢問時，社課結束的鈴聲很不湊巧地在此時響起，讓吳梓弄有些惋惜。

「等一下還有班會，得快點回教室了。」米粟立刻起身整理隨身物品，一秒都不想多待。其他同學也過來與吳梓弄道別，徹底將探問的機會截斷。

吳梓弄趁著米粟還沒離去，還是順口叮嚀一句：「等一下放學我在校門口等你。」

「知道了。」米粟抱著烏克麗麗與課本，趁著接近吳梓弄的同學還不算多的空檔，點頭示意轉身就跑。

吳梓弄來不及揮手道別，只能抱持著滿滿疑問目送他離開。

高二學期過了一個月半左右，兩人的互動與作息已經有一套規則。從原本只有週三放學後由吳梓弄騎車接回家，到後來只要有委託訪談吳梓弄就會親自接送。如果與訪談者約見面時間是在放學之前，就由吳梓弄代打。

兩人看似關係越來越密切，但吳梓弄發現自己對米粟還是很陌生。每當他想試探時，總是被米粟巧妙地避開，越是這樣吳梓弄越好奇，卻總找不到合適機會詢問。

兩人一抵達家家飯館後面的停車位置時，吳爸爸就從後門探出頭喊道：「兒子，今天有客人叫了一百五十份便當要外送，我們忙不過來，你現在可以過來幫忙嗎？」

吳梓弄才剛停好車，本想跟著米栗上樓繼續今天的生前調查委託，看著老爸忙得滿頭大汗的樣子，為難地看了米栗一眼才向吳爸爸說道：「好，我馬上到。」

米栗拿著溼紙巾擦汗，沒錯過吳梓弄剛才那抹眼神，淡淡說道：「七十一號的委託才剛開始調查第二天，等你忙完還來得及跟到結論。」

「好，我知道了。」吳梓弄還想多說點什麼，立刻被吳爸爸再次呼喊打斷。

「有夠累的——」米栗看著他匆匆忙忙走進後門這才鬆口氣，正想著回房間睡一下，收在上衣口袋的手機突然響起。他一看到來電顯示名字，眉頭皺得比剛才還緊。

「是，我在……」他無奈地接起電話，慢條斯理從後門進屋上樓，一路上都在通電話。隨著離三樓越來越近，他的嘆息聲就越來越大，直到抵達臥室門口準備結束通話。

「哎？等一下嗎？一定要今天嗎？我、我……」米栗還沒能找理由拒絕，電話就被殘忍切斷，他看著已經暗下來的手機螢幕，不顧還沒換掉制服就筆直地倒上床鋪，「今天是什麼日子啊，一個接一個來吵，真是的……」

米栗掙扎一會，點開生前調查室的群組，「看來今天討論得暫停一次了。」

正在樓下忙得如火如荼的吳梓弄，總算把大單一百五十份便當順利裝箱後，趁著喘息空檔想看看群組討論，卻發現米栗在上頭留了一句「**臨時有事今天暫停**」。他在意得不得了，但是礙於飯館人潮還很多，只能耐著性子幫忙，直到晚上八點送便當上樓給米栗才得以脫身。

吳梓弄沒空抱怨老爸又給了米栗超額預算的豪華三主菜便當，拎著細心裝袋的晚餐匆匆上樓。就在一邊想要趕快問問為什麼突然暫停討論，推開三樓房門時，意外的情景讓他愣在原地。

米栗的房裡多了兩個人，而且氣氛有點奇怪。

「喔，你來了喔。」米栗駝背坐在已經架好的小矮桌旁，看向吳梓弄手上的便當後，轉身對身旁那位比自己高一些、穿著正式將頭髮往後梳的男性說道：「你看，就說不用擔心三餐的事吧？樓下就是房東自己開的飯館。」

米栗身旁的男性看了吳梓弄一眼，又看著他手上的便當袋輕哼一聲，帶著不滿的語氣說：「超過八點才吃晚餐會不會太晚？你果然還是要跟我們一起住——」

「不用，我固定這個時間吃晚餐，而且有梓弄哥在，我也不是一個人。」米粟打斷他的話。

坐在另一側年紀比他稍長些的女性不怎麼客氣地打量吳梓弄，「你是誰啊？」

女性明顯對吳梓弄不友善，讓他皺起眉與米粟四目相對。米粟看出吳梓弄寫著要他解釋的眼神，緩緩起身。

「呃，這位是房東的大兒子吳梓弄，就住二樓。」米粟盡量不去理會仍舊盤腿而坐的男女對吳梓弄不客氣的眼神，又向著吳梓弄說：「梓弄哥，這兩位是我的堂哥堂姊宋巘與和宋巘怡，他們是兄妹，我們從小一起長大。」

「你們好。」吳梓弄雖然仍感到不滿，還是禮貌性點頭示意。

仍盤腿坐在地上的兄妹輕輕點頭，帶著狐疑的表情看著吳梓弄。

米粟察覺氣氛沒有好轉感到無奈，正想著該怎麼化解時，倒是被吳梓弄先打破僵局。畢竟他從小就跟著家人在飯館穿梭，再怎麼難應付的客人都遇過，眼前的等級對他來說小菜一碟，於是吳梓弄選擇無視，只把注意力放在米栗身上。

「吃晚飯啦！你快坐下。」吳梓弄邊說邊將餐盒拿出，明知道有兩道熾熱的視線盯著他不放，仍然自在地擺盤，今天還附贈一瓶無糖多多綠。

因為空間問題米栗只能坐在兩位堂哥堂姊中間，他心裡暗暗叫苦，覺得今晚這頓飯好難熬。而且吳梓弄好像不嫌事多，很自然地坐在他們三人對面的空位，盯他吃晚餐。

米栗就在三人緊迫盯人的狀態下打開餐盒，看到爆量的餐點，忍不住倒抽一口氣，還沒開口詢問就被吳梓弄搶先笑容可掬地提醒：「我爸今天心情很好，給了你三樣主菜，都要吃光喔。」

米栗為難地盯著吳梓弄，擺明在說這不可能，但身旁還坐了兩個人讓他不得不忍氣吞聲安靜吃飯。

「對，你得吃光。連吃個飯都做不好的話，我看你還是回家跟我們住。」宋幟與看著那滿滿的高熱量食物，雖然覺得不妥，但套在這個堂弟身上又覺得合情合理。另一側的宋幟怡跟著點頭，短短幾秒之內這三個不熟悉的人，因為米粟的晚餐站在同一陣線上。

「就吃個飯，有必要弄得這麼……慎重嗎？」米粟嚼著晚餐，一邊想著真是難吞。

「當然。」宋幟與肯定的回答讓米粟更加無奈。

米粟在他們關懷的目光下慢慢吃掉晚餐，期間吳梓弄與宋幟與不停打量彼此，明明剛見面不久卻展現出該死的默契。

「我們是不是在哪裡見過？」兩人同時出聲，接著一陣沉默難以掩飾的尷尬。短短幾秒的空檔裡，雙方又都想開口，結果再次展現令他們不太舒服的默契，「楠中大學——」

兩人同時說出同一所大學名稱後，整個臥室裡又陷入一片奇怪的安靜，只有米粟的咀嚼聲繚繞著。吳梓弄與宋幟與就這樣互看許久，目睹這一切的米粟一邊啃著炸排骨，決定好心化解尷尬輕聲說道：「你們是同所大學不同科系，可能在哪擦肩而過才會覺得見過吧？」

「的確有可能，那就這麼認為吧。」吳梓弄受夠對方打量的視線，別過頭呼口氣，為了轉換心情猛灌冷飲。

宋幟與也不想與吳梓弄有過多交集，就連對方的科系都不想知道，趁機會從背包裡抽出一本資料夾遞給米栗。

米栗原本還為了過量的晚餐困擾，看到堂哥手上的東西眼睛頓時一亮，放下吃一半的排骨問道：「是我要的資料嗎？」

「是啊，你那個生前調查室的委託，幾位訪談人選都有查到連繫方式。這次的事情好查嗎？」宋幟與很明顯曉得米栗成立的祕密社團，一旁很少說話的宋幟怡也是相同反應，引起吳梓弄的注意。

「還好，每次都很花時間啊！謝謝幟與哥——」米栗將資料夾收下，還對宋幟與合掌感謝，對方因為他主動示好勾起一抹笑意。

「不客氣，有什麼需求隨時跟我們說。把自己照顧好，不然下次就是我爸來了。」

「不要，求你別讓大伯來，他來一定又會叫我趕快搬回去。」米栗搖頭求饒，臉色鐵青的樣子讓吳梓弄很好奇他們的相處情形。

「那就記得按時吃飯、好好上課，我跟幟怡得走了，你一個人注意安全。」宋幟與看了腕錶，惋惜地嘆口氣，他想多留一段時間，但有其他要事不得不走。

這對兄妹就在米粟與吳梓弄目送下離去，這間房間終於恢復往日的平靜，米粟大大吐了口氣，放下筷子往後伸展身體。

「真的是，說來就來讓我好緊張。」米粟喘了好幾口氣後，終於注意到一直盯著他不放的吳梓弄。

「為什麼這樣看我？」米粟再次拿起筷子慢慢夾菜吃飯，對方安靜的注視令人有點不舒服。

「只是有點好奇，你以前跟他們一起住？」吳梓弄從剛才的對話發現好幾個令人好奇的地方，也更加深他好奇米粟獨自租屋在外的原因。

「我很小的時候就常常住在大伯家，後來直接在那邊定居，常被鄰居說是他第三個孩子，反正是很近的血緣，這麼說好像也沒錯。」

「這樣的話……」吳梓弄欲言又止地看著米粟。米粟一下子讀懂他的意思，趕在對方說出口之前先回答了。

「我爸媽在我很小的時候就走了，我跟哥哥因為一些原因被分開扶養，我從小就跟大伯他們生活，有時候還真的會忘記只是借住。」米粟看了吳梓弄一眼很快接著說：「我小學的時候就跟哥哥分開生活，他年紀大我很多，雖然分開住但是滿常連絡。我知道你要問什麼，我哥在數年前過世了。」

吳梓弄在這一瞬間把所有想追問的話全吞回肚子裡，米栗的每個解釋都超出意料之外，最後因為一時轉換不了情緒，直接轉頭掩住臉。

「怎麼了？有什麼問題嗎？」米栗微微皺起眉，不能理解吳梓弄的反應。

「對不起……」吳梓弄安靜幾秒後，突然吐出這句話讓米栗更加困惑，歪頭看著他。

「你沒事幹嘛道歉？」

「我對於之前的錯誤猜測感到抱歉。」吳梓弄摀著臉含糊地說道。

「什麼猜測？」米栗這下更聽不懂了。

「我以為你是跟家裡鬧得不愉快才離家出走。一個家境很好的富家少爺賭氣離家搞了個奇怪的祕密社團，打算密謀一些大事情讓家人大吃一驚。」

米栗聽完他的解釋，先是一臉呆滯接著忍不住低頭笑出聲，不斷搖頭說道：

「梓弄哥，你也太會編。我搬出來是堂哥堂姊太緊迫盯人，待在家很難進行生前調查的工作，所以國中畢業就搬出來住。為此還動用了爸媽留給我的一點遺產當房租，因為經費有限能找的房子不多，幸好吳伯伯開放這裡出租，便宜又離學校近。」

「原來只是這樣？所以你高一就搬出來住了？」

「對啊，不過上一個租屋地點離大伯家太近，完全失去想跟他們保持距離的效果。你剛剛也看到了吧？他們對我的關心程度很異常。」米粟語氣平淡得像是在說別人的事，吳梓弄有時覺得就是這種性格，因此在進行生前調查訪談時，總能適度地陪伴受訪者。

「原來是這樣……不過也挺辛苦的。」吳梓弄口吻比以往溫和，剛剛一瞬間他之前所有推測被推翻，現在看待米粟又有不同的想法。

剛吃完排骨正往第二道主菜進攻的米粟一抬頭，就看見吳梓弄比以往溫和許多的目光。米粟太熟悉這種眼神，只要對外人提及自己的處境就會如此，這也是他最討厭的反應。不過他明白吳梓弄是善意，小時候遇到時他態度會特別差，引起很多誤會，直到年紀增長慢慢學會待人處事，做法才有所改變。

「不用擔心，我沒有爸媽還是過得很好，沒有覺得自己很可憐，你把這種同情心丟掉吧！」米粟夾了一口香菇慢慢吃著，用沒有起伏的語氣說道。

「好……」吳梓弄尷尬地輕咳幾聲，兩人就這樣安靜好一陣子沒說話，平常盯米栗細嚼慢嚥的習慣在這時都消失了。

米栗思考幾秒覺得剛才可能說得太過分，隨即說道：「我只是提醒希望照之前相處就好，不需要對我特別對待，你別想太多。」

「嗯。」吳梓弄雖然正常一些，但比起以往還是安靜許多。畢竟自己一直以來的推測被一口氣推翻，需要時間適應。

米栗覺得氣氛並沒有好轉，他實在受不了這種沉重的空氣，加上被這麼盯著吃飯肯定會消化不良，不等吳梓弄同意，便將資料夾遞過去，「剛剛我堂哥送來的是本來今天要討論的七十一號資料，要看看嗎？」

「喔？當然好。」吳梓弄毫不猶豫地接過資料夾開始翻閱起來。

這陣子他對生前調查室相當上心，雖然討論時很少留言，但實際調查工作量僅次於米栗。米栗見他很快就沉浸在裡頭頓時鬆了口氣，現在自己必須解決掉剩下的便當。

吳梓弄看著資料，內容都是調查對象的基本背景，整理得很仔細容易閱讀，甚至還有畫線標重點，讓他看到一半心裡又萌生出另一個疑問，「你堂哥贊成你成立生前調查室？他看起來不太像這麼寬容的人。」

「一開始很反對啊！他還擔心我想不開。跟他解釋生前調查室的意義，他卻完全誤會。要不是剛好某位死者的訪談對象是他，我花了一下午訪談，還讓委託人與他通話，他才搞懂我要做什麼。」米粟想起當時的情況嘆口氣，宋幟與與吳梓弄當初如出一轍，「你跟我堂哥的反應真像——」

米粟話才說一半，就看見吳梓弄面露嫌惡，很明顯不想被混為一談。

「我才沒那麼誇張。」吳梓弄說罷還附帶一個輕哼，讓米粟笑出聲。

米粟終於把晚餐吃掉九成，只剩下炒青椒一口都沒碰。吳梓弄看了一眼，抓起一雙乾淨的筷子直接將剩下的青椒吃光，含糊地說：「看在你今天吃掉九成晚餐，就不念你挑食的問題了。」

米粟聽著他像老爸一樣的口吻無奈地笑出聲，吳梓弄則回望著他好一會。

「幹嘛這樣看著我？」直到米粟受不了想制止時，吳梓弄開口了。

「我覺得你剛剛那樣才像這個年紀該有的樣子，你平常好像比實際年紀老成了十幾歲，偶爾這樣會比較輕鬆點。」吳梓弄拍拍他的肩說道，米粟卻只是露出帶點苦澀的笑容，沒有多說什麼。

吳梓弄知道米粟不喜歡這種氣氛，很識相打住話題，將注意力放到翻到一半的委託資料上，「這次調查對象是個七十歲阿嬤？你怎麼接到這個委託的？」

吳梓弄看著第一頁調查對象的照片，照片裡的老人家有頭白蒼蒼的鬈髮，還帶著一抹笑容。或許是碰到高齡長輩的關係，他內心多了幾分敬意。

「學校同學轉介的。」米粟將桌面清乾淨，拿出筆電開始作業。

「同學？這個社團不是很隱密嗎？怎麼連繫上你？」

「是群組裡的社員隱密，我很公開啊，社群帳號下面有留電子信箱。」米粟為了證明，還翻出自己的社群帳號頁面給吳梓弄看，「你看，我沒騙你吧。」

吳梓弄盯著他的手機呆滯幾秒才說：「哎！那我要加你好友，你也追蹤我。」

「咦？」米粟想拿回手機拒絕，但吳梓弄直接動手幫彼此互加好友。無力阻止的米粟拿回手機時，看著新增一位好友的通知發了好久的呆，才在吳梓弄提醒下回歸正題。

「我以為這個社團很隱密，結果網路上可以直接寫信委託。」吳梓弄看著他帳號底下的介紹，又看著桌面上的資料夾感嘆。

「弄得太隱密就接不到委託，這方面需求又不是這麼大眾……」米粟還惦記著為什麼被擅自加好友，正在思考有沒有任何羞恥的貼文，但一時想不起來感到坐立難安。

「總之，他是看到你的信箱，寫信給你？」

「事實上是別的同學替他提出委託，我們明天會見面。」米粟瞬間明白吳梓弄想說什麼，連忙補一句：「都是在校生，我自己進行訪談就好。」

「好吧……」吳梓弄滿滿的失落全寫在臉上。

米粟雖然有一瞬間冒出抱歉的念頭，但近期訪談工作幾乎都由吳梓弄代勞，說什麼也得搶回一些才行。

吳梓弄眼看機會渺茫只好認命，結束這頓晚餐之前還是不忘提醒：「我沒跟到的訪談你要注意安全，有什麼狀況隨時說。」

「我知道了，儘管放心吧。」米粟實在很想說他太多慮了，不過以吳梓弄的個性要是反駁他一定會長篇大論，米粟才不會傻到把好不容易得到的清靜搞砸。

「嗯，那就晚安了。」吳梓弄替他把桌面收拾乾淨，還不忘順手把垃圾帶走，終於還給米粟難得的清靜。

「終於都走了，累死我了。得睡一下——」終於可以獨處的米粟直接往地上大字型躺下休息，「今天的社交額度過量，太多了、太多了……」

米粟一邊喃喃自語，居然就這樣睡著了。

「喂！訪談還順利嗎？」

隔天早上大約九點，吳梓弄就傳來訊息，剛下課的米粟一看到就覺得內心很疲倦。

「還沒到約定時間，我們都還在上課。你別擔心，我之後會跟你說訪談情形的。」

「好，有什麼問題隨時跟我說。」吳梓弄還是懂得什麼叫點到為止，後來就沒有繼續追問。

由於下午米粟剛好與委託人跟介紹人同時段上體育課，也就找到機會與他們首次面對面初步認識。這堂羽球課採混班上課，同學們很快就組成各種雙打組合，甚至還有幾場有趣的友誼賽，米粟則躲到最不起眼的角落與委託人見面。

「你好，你就是……米粟？我叫陳濱文，一年級。」坐在米粟對面手拿籃球的男孩態度相當客氣。

米栗看著陳濱文，又看向坐在他身旁的女同學問道：「妳就是介紹人，柯逸雲？」

「是的，二年一班。」柯逸雲是個外型亮眼、身材高挑的女孩，綁著馬尾髮型，個性相當活潑主動，是米栗最不擅長應付的類型。

「妳是從網路上查到我的帳號？」米栗在提問同時留意四周的動靜。雖說三人在樹下說話的樣子很普通，但是混了個一年級進來，還是怕引來不必要的麻煩，說話的音量不禁縮小許多。

「是三年級的李光閩學長介紹的，我之前跟學長提到濱文遇到的困難，他就給了你的帳號。雖說一開始不懂『生前調查室』是什麼，但學長說連繫了就知道。」柯逸雲說完後露出一個漂亮的笑容。

米栗靜靜點頭露出禮貌的笑意。柯逸雲在連繫的過程中有非常多疑問，多到讓他有點頭昏腦脹。加上一開始柯逸雲對生前調查室有不少質疑，讓他對柯逸雲的印象不太好。真正見到本人後反而覺得與網路上的形象不符，其實態度還算親切，讓米栗稍微安心一些。

「原來是學長，這樣就不意外了。」由於體育課規定不能攜帶手機，米粟從褲子口袋裡拿出手掌大小的筆記本記錄，「濱文學弟，你應該也已經透過學姊知道生前調查室的內容，細節我就不多做說明了。」

米粟看了下時間，距離下課還有三十五分鐘，他得抓緊機會。

「學姊都有跟我說了，我在申請的資料裡也有提到，想請你調查我阿嬤生前的事情。」陳濱文從皮夾裡拿出一張破損的照片，照片裡一名老人家左右牽著兩名小孩，左邊是女孩，右邊則是男孩。

米粟比對了一下才說：「右邊那位就是你吧？左邊這個人是？」

「我姊姊。」

「記得你先前提供的資料裡，提到有個念大一的姊姊，她也是上耘高中的畢業生嗎？」

「是的，但這次其實是我單獨委託，想請你幫忙找樣東西。」

「我們只做當事人的生前調查，不包括找東西。」

「宋學長，這件事只能拜託你了。我們要找的東西可能在阿嬤認識的某個人手裡，所以想藉由調查她生前的種種，找到我跟姊姊都想找回的東西。」陳濱文察覺米粟想拒絕，慌張地攀住他的肩膀哀求。

米粟皺起眉，他最怕的就是被苦苦拜託，他實在不懂該如何拒絕，「如果是以調查生前一切為主，順便替你找東西倒是可以……」

「那就拜託學長了！那是對我跟姊姊來說非常重要的東西。」陳濱文依然怕米粟反悔，雙手合掌擺出懇求的姿勢。

米粟默默看著他與柯逸雲，剛才的交涉過程柯逸雲完全沒介入，就像只是個單純旁觀者。

米粟一邊帶著懷疑，一邊對著陳濱文說：「這個委託我會接，而且你有不少對阿嬤的回憶想補足吧？」

「我們本來住在一起，由於一些原因不得不分開，直到她走之前都沒機會再一起長住……」陳濱文提起自己阿嬤的神情多了幾分哀傷。

米粟留意到距離下課還有二十分鐘。既然要繼續調查下去，雖然已有堂哥給的資料，但有些事情還是得從當事人口中問出來。

「你跟姊姊都是阿嬤帶大的嗎？」米粟頭也不抬地問道，在陳濱文的名字下面寫了許多摘要。

「啊，是的，你怎麼會知道？」陳濱文掩不住驚奇低聲說道：「我很少跟別人提家裡的事。」

「只是推測，總覺得應該是這樣……」米粟婉轉解釋。他並不想把私人經歷告訴一個剛認識不久的人，況且調查對方家庭背景也是生前調查室的工作之一。

米粟抓緊機會問了不少細節，意外得知陳濱文的姊姊也就讀楠中大學，儘管有點抗拒，他還是在姊姊名字旁邊備註有吳梓弄與堂哥可以詢問。

就在這時下課鈴聲響起，在體育老師提醒同學們繳回運動器材的指示下，三人的訪談也告一段落。準備道別時米粟看著一同離去的兩人，還是忍不住提出一開始就想確認的事，「那個……」

他才剛開口，柯逸雲與陳濱文便同時回過頭。

「呃……跟生前調查沒有關係，但是我覺得釐清會比較好。」米粟輕咳了幾聲，小心翼翼地問道：「你們是男女朋友嗎？」

陳濱文與柯逸雲同時後退一步，臉上都浮現出一陣紅暈。柯逸雲似乎太過害羞直接別過頭，不與米粟四目相對。陳濱文的臉比柯逸雲還要紅，呼吸也變得急促許多，「有、有這麼明顯嗎？」

「只是覺得氣氛不太一樣，畢竟我常跟各種人做訪談，如果關係比較親密其實感覺得出來。」米粟毫無起伏的口吻似乎意外讓兩人平復下來。

「可以請你保密嗎？」陳濱文再次對他做出合掌拜託的姿勢。

「好，我會的。」米粟停頓一會才說：「為什麼不想公開交往呢？」

陳濱文搔搔臉頰，想偷偷牽起柯逸雲的手，不料一下子就被對方發現並抽開手迴避。陳濱文感到有些尷尬，順勢將手伸往後背搔癢，「學校還是有不少愛八卦的人，我不想讓學姊困擾，反正交往是我們自己的事，不需要讓其他人干涉。」

「了解，那麼——」米粟將筆記本收進口袋裡，慎重地向兩人說：「接下來我們會著手開始進行你阿嬤的生前調查。結案時間不一定，一週到兩個月都有可能，有新消息會隨時通知你，也希望你能跟我保持連繫。」

「一切就麻煩你了。」陳濱文點點頭，眼裡帶著幾分期待與哀傷。

就在同時，吳梓弄彷彿抓准時間般又傳來訊息。

吳梓弄：「訪談結束了嗎？還順利嗎？」

米粟：「細節回去再跟你說。」

第七章

尋找最後的禮物盒（二）

「陳文花，七十歲過世。原本與陳濱文、陳齊文姊弟相依為命，姊弟兩因為課業關係不得不在陳濱文就讀國三時候搬離。從一年前起文花阿嬤就是獨居狀態，姊弟在週末會盡量抽出時間回去陪阿嬤住個兩天。就在兩個月前，獨居的文花阿嬤在家中去世，隔壁鄰居見她沒有出門，去關心時才發現已經全身僵硬沒有呼吸……」

吳梓弄帶著相當悲傷的語氣念出這段資料，不知為何對著天空合掌。

「怎麼了？你感覺很難過。」米粟與他一起離開超商，喝著剛買的汽水好奇問道。

「我對老人家特別沒輒啊。尤其是這種獨居的長輩，一個人住、年紀又大有很多不方便的地方，我在飯館看太多這樣的客人了。」吳梓弄接過米粟買給他的果汁慢慢喝幾口，看著遠方太陽西下的風景嘆息。

米粟看著他感傷的表情，露出笑意低語：「會讓人感到心疼和同情對吧？我記得吳伯伯說過，你每次遇到老人家的時候就會算得特別便宜，簡直像在做慈善事業。」

吳梓弄聞言露出不能苟同的表情，「他沒資格說我吧！看看他每次包給你的便當，沒收兩百五根本無法打平成本，最近一直都三主菜，他才是慈善事業吧？」

米栗笑而不語，對他來說這對父子根本半斤八兩，而且已經可以猜到說出口的話一定會招來一頓抱怨。他想圖個清靜決定把感想放心裡。

話題似乎告一段落，吳梓弄盯著前方安靜許久，直到喝完手裡的果汁才開口問道：「你跟訪談對象約幾點？」

「六點半過後，所以還要再等一下。」米栗看了手機上的時間一眼，還有將近二十分鐘的空閒，讓他覺得時間流逝得有點慢。

「這次要順便幫這對姊弟找的東西，叫做『禮物盒』啊？」

「『禮物盒』是昨天群組取的代稱，畢竟我們只曉得盒子外形，並不清楚裡面裝了什麼，只有陳濱文姊弟知道。」米栗複習起今天要訪談的資料，一邊聽著吳梓弄絮絮叨叨。

「他們沒想過盒子可能被拿走了嗎？既然找不到的話，搞不好已經被偷了。」吳梓弄對於這個可能性感到擔憂，畢竟這世間沒有那麼美好。

「我希望別發生這種事。有跟陳濱文確認過，他說文花阿嬤留下的盒子有上鎖，是鐵製的保險箱，鑰匙在他們姊弟手上。」米粟皺起眉，他不是沒想過這種可能，更希望別發生如此遺憾的結果。

「話說回來，你今天社課的表現很隨便，別以為我都不知道！」吳梓弄突然瞥見米粟放在一旁的烏克麗麗，忍不住抱怨。

米粟從一堆資料裡分神嘆口氣說：「我哪有隨便？你不是說下下週以前要學會一首自選曲？我有照規定辦到啊。」

「你彈我上次教你的那首〈小星星〉就想交差，對得起其他同學嗎？」吳梓弄把手中的鋁箔包掐到變形，不太開心地說道。

「好吧，真拿你沒辦法，追加一首〈兩隻老虎〉吧。」

吳梓弄看他一臉勉為其難，氣得瞇起眼想教訓時，米粟連忙拿起手機說：「你也知道我多半時間都在查文花阿嬤的事情，你應該體諒我。而且我真的沒什麼音樂天分，看在做到這個程度的分上放我一馬。」

吳梓弄依然不太開心地瞇著眼，讓米粟又改以合掌的手勢說道：「拜託。」

雖然口吻依然沒什麼起伏甚至毫無誠意，但是對於認識他好一陣子的吳梓弄來說，這已經是很明顯的變化。儘管米粟完全沒在掩飾對他某些行為的厭惡，更多時候更像是親暱的家人一樣，一想到此吳梓弄就笑個不停。

「我剛剛應該沒有說什麼笑話吧？你怎麼會笑成這樣？」米粟見他笑得全身發顫，更加不能理解。

「沒事，只是突然覺得你最近變得比較可愛了。」吳梓弄拍拍自己的臉頰欣慰地說道。

「可——不，我跟這個詞一點關連性都沒有，你產生幻覺了。」米粟下意識起了雞皮疙瘩，長到這個年紀幾乎沒人會說他可愛，只會覺得他是個不好接近、不通人情沒禮貌的高中生，成績還很差。總之根據他以往的經歷，對他沒有好感的人居多，吳梓弄的反應根本是異類。

「我是真心這麼覺得。」吳梓弄收起笑容，卻還是像長輩般溫柔說道：「我覺得真實的你很可愛。還以為你像個沒感情的機器人，事實上你比誰都還要貼心。」

「就說我沒——」米粟想否認，同時自己設定的鬧鐘響起，表示他們該出發前往文花阿嬤生前的住處了。

「約定的時間快到了吧？該出發了。」吳梓弄摸摸他的頭笑道，米粟還是想爭辯，但時間有限只好作罷。

吳梓弄熟練地發動車子戴上安全帽，等著米栗坐好後馬上轉動手把出發。身後的米栗還是有點不開心，吳梓弄則已將心思全放在文花阿嬤的禮物盒上面了。

「話說，我很在意七十歲老人家特地珍藏的盒子裡的寶物是什麼，你覺得有沒有可能是為了找遺產？」吳梓弄看著前方一棟標榜豪宅的住宅大樓說道。

「這也有可能，之前有過類似案例。」米栗心無旁鶩地看著正前方，只想著等一下要問些什麼比較好。

「過去也有過？」吳梓弄拔高音調，要不是得專心騎車，他真想停到路邊問個清楚。

「是很早期的案子，有個學弟找我調查他叔叔生前的事。結果一查發現叔叔曾經結過三次婚，第三次也已經離婚，前兩次沒有小孩，第三次有個兒子。家族內完全沒人知道這件事，直到發現叔叔留了很大一筆財產給這個才四歲多的獨子，為了這筆錢一堆人跳出來搶著要當監護人。總之叔叔的過去很感人，但後來為了財產聽說鬧到現在還沒有結果。」米栗回想起過去的情景，眉頭微微皺起。

「哇，簡直是一齣狗血劇。」吳梓弄看目的地越來越近，一邊找停車格的同時低聲說道。

「我承接的委託裡也有其他幾件是類似狀況，有些難堪的財產爭執。不過也不代表當事人就是個爛人，這就是一個人一生有趣的地方吧……」

因為文花阿嬤生前住處就在眼前，米栗有些分心。吳梓弄也順利找到機車停車格，此時已是晚上將近七點。

兩人仰頭望著略嫌老舊的大樓許久。吳梓弄與米栗都是本地人，對於這棟「海景華廈」的來歷都略知一二。屋齡已經超過四十年，曾經是風光的精華地段，隨著商圈轉移沒落後，這棟八樓高的住宅房價不斷往下掉，於是成了不少收入比較吃緊的人租屋首選，陳文花阿嬤據說也是因為撿到便宜房價而購入自住。

「文花阿嬤就住海景啊……」吳梓弄觀察四周，周遭都是差不多樣式的住宅有點雜亂，相較於地段好點的新型大樓，這裡除了住戶以外幾乎不太有人潮，也因此算是這個繁華城市裡略嫌冷清的突兀存在。

「陳濱文說他升上高中以前都住這裡，環境說不上好，但是有得住就很不錯了。」米栗此時拿起手機撥了通電話，吳梓弄則在一旁安靜等待。

「您好，我是昨天有約想談談文花阿嬤事情的人，我們已經到你們住家樓下了。直接上六樓嗎？好的，六樓之三是嗎？等一下就到。」電話很快就接通，米栗取得連繫後看著吳梓弄說道：「他們已經在等了，走吧。」

吳梓弄跟隨在他身後，爬著略嫌狹窄的樓梯。大樓過於破舊又沒有所謂的管理委員會，四周瀰漫著一股奇怪的霉味。吳梓弄在漫長的爬樓梯過程中，找了個話題打發時間，「這次訪談對象是什麼來歷？」

「文花阿嬤的鄰居，聽說認識二十多年了。」米栗顯然體力不太好，才爬到三樓就已經上氣不接下氣。

「這樣啊，住在這裡的話，經濟條件應該都不算好吧。」吳梓弄的語氣透露著憐憫，還沒見到人就能想像可能的狀況，畢竟這個城市的人都曉得海景華廈居民多半都是收入較低的族群。

「聽說接受訪談的對象，是跟文花阿嬤差不多時期買下這裡的樣子。」米栗看著樓層顯示著五，閉上眼重重喘口氣才一口氣往上爬。

兩人終於抵達六樓，老舊的走道上依然充斥著破舊景象與霉味。每層樓有五戶隔間，有沒有住人可以從外頭的樣子窺知一二。

「六樓之三……六樓之三……這裡。」米栗循著門牌號碼總算找到門外貼著「李宅」的鐵門，卻很有默契與吳梓弄先將目光轉向隔壁的六樓之二。

「文花阿嬤生前住這間吧？」吳梓弄指著這層唯獨外頭沒有任何東西，顯然整理過的紅色鐵門問道。

「對啊，不知道有沒有機會進去看看……今天訪談完看狀況，說不定需要陳濱文陪我們來一趟。」

「嗯。」吳梓弄的心思都落在六樓之二門口，一想到文花阿嬤孤獨地死在這裡，過了將近兩天才被發現，心情就變得相當沉重。

米栗並沒有注意到他略微低落的情緒，在六樓之三的鐵門輕敲幾下，屋內很快就有人來應門。

「你們就是宋先生跟吳先生嗎？」屋內一名年長的婦人帶著和藹笑容招呼。

「是的，您是李阿嬤對吧？抱歉這個時間來打擾。」米粟向她鞠躬，一旁的吳梓弄態度比平時更拘謹些，急忙跟著一起鞠躬。

「還好啦！快進來坐坐。」李阿嬤熱情地招呼他們進屋，米粟與吳梓弄跟在後頭四處張望，這才發現屋內坪數比預想的還要小。兩房一廳一衛浴，廚房與客廳共用同個空間，讓兩人生活還算過得去但略嫌擁擠。

李阿公坐在老舊的三人沙發上對他們笑著，一旁放著助行器顯示這個老人家行動不太方便。吳梓弄心裡暗暗估算著這兩人起碼七十多歲，一想到這個家只有兩個老人家，心裡就感到些許不安。

「來來，好久沒人來坐客，我跟我先生都很期待呢。」李阿嬤請他們在準備好的兩張板凳坐下，熱情地送上茶與切好的水果。

米粟與吳梓弄卻更加拘謹，深怕任何無禮的行為傷害到這兩位親切長輩。李阿公推推老花眼鏡想看清兩人的模樣，他與李阿嬤一樣帶著溫和的笑容，「哎，是哪位說要跟我們聊聊文花的事情啊？」

「是我，謝謝兩位願意撥空接受訪談。」米粟舉手說道，同時示意身旁的吳梓弄準備開始記錄。

「不會、不會，濱文有先來跟我們打招呼了。好久沒看到那孩子了，他現在也念上耘高中嗎？」李阿公笑瞇了眼問道。

「是的，就是同校的關係我才有機會接受他的委託，向你們問問他們姊弟搬離這裡後，文花阿嬤的事情。」

「說來也真是寂寞，原本文花那兩個孫子還一起住的時候，我們兩家往來頻繁，生活也很熱鬧。孩子們大了不得不搬出去後，這裡真的變得冷清很多。」李阿嬤臉上盡是失落，讓負責抄寫重點的吳梓弄別過臉想掩飾不忍心的情緒。

米栗看著他的舉動悄悄搖搖頭，想著這人說自己對老人家沒輒還真不是假話，不過他完全不受影響繼續提問：「想請問兩位與文花阿嬤認識很久了嗎？」

李阿公頷首說道：「我們從年輕時候就認識，是同個市場做生意的朋友，當初也一起約來這裡買房，想說當鄰居好互相照顧。她先生走得早，獨子與媳婦結婚沒幾年就出意外離世，留下兩個孫子。她一個人相當辛苦，如果忙不過來就會拜託我們幫忙照顧濱文跟齊文。算起來我們也是看著這對姊弟一路長大呢，時間過得真快。」

李阿公雖然說得輕快，但是字裡行間透露出文花阿嬤生前相當辛苦。吳梓弄又忍不住嘆口氣，直到米粟用眼神提醒他收斂點，他才重新調整心情，盡量不讓兩位長輩察覺異狀。

「這樣的話，兩位對文花阿嬤應該相當熟悉，想請問你們平時往來的情形，年輕時的事情也可以。陳濱文說文花阿嬤很少跟他提以前的事，現在走了更不可能問到，得靠兩位幫忙了。」米粟很喜歡這對老夫妻的態度，說話不疾不徐，讓他不會感到生疏。或許文花阿嬤與他們相處起來就是這種感覺，才會連買房也願意當鄰居。

「原來文花都不提啊？以前她照顧不來的時候，就會把濱文跟齊文帶來我這邊，然後讓我老伴陪兩個小孩玩，三餐就我跟文花一起準備。」李阿嬤提起這段往事，笑得相當開心。

李阿公則跟著附和：「是啊、是啊！我們家孩子大了，加上都是女兒全出嫁了，幾乎沒有這種長期跟小孩相處的機會。濱文跟齊文從很小的時候就跟我們往來，那段時間真的好像帶孫子一樣，連過年團圓飯都一起吃。」

「這件事陳濱文有特別跟我提過，他說你們就像另一對阿公阿嬤。」米粟不停點頭，甚至記得陳濱文提起這件事時，帶著滿滿的懷念與感慨。

「沒白疼這個孩子。想到濱文國三的時候，不得不搬出去投靠其他親戚，就覺得寂寞。要搬走那天我跟老婆還特地送他們去樓下門口，那時候就隱約覺得這對姊弟再回來住的機會很渺茫。」李阿公似乎觸動感傷的情緒，不禁抹抹眼角，試圖不讓眼淚流下。

「為什麼他們必須離開文花阿嬤身邊呢？關於這件事，陳濱文說他自己也無法理解，明明讀的國中和高中都離這裡不遠。」

「哎啊……文花不想讓他們知道自己快養不起他們，加上她年紀也大了，所以才替這對姊弟找了個可以投靠的親戚。記得姊弟現在都歸文花的弟弟收養。」李阿嬤想了一會才說：「我覺得文花可能察覺自己活不久才會這麼做吧？」

李阿公嘆口氣說道：「文花可能感覺到些什麼，所以才在幾年前決定這麼做。那時候祖孫鬧得很不愉快，姊弟並不想離開但是文花很堅持，威脅、交換條件樣樣都來，才讓齊文和濱文去投靠她弟弟。齊文那時候還過來哭訴，希望我們幫忙勸勸文花。」

「原來是這樣嗎？陳濱文說文花阿嬤很直接的說已經養不起他們，希望他們快點去投靠她弟弟，真的什麼不好聽的話都說了，讓陳濱文覺得很受傷。」米粟想起之前體育課向陳濱文問這個問題時，對方的表情相當落寞，也因此讓他開始好奇這位已故的長輩生前更多樣貌，「文花阿嬤是什麼樣的個性呢？」

老夫妻有幾秒的安靜，讓吳梓弄與米粟感到困惑。夫妻互看一眼，李阿嬤才開口說：「第一次跟文花接觸的人，大概會不太喜歡她。」

「怎麼說？」吳梓弄不禁插嘴問道，這下連他也對這位老人家感到好奇。

「她是個說話不太客氣的人，一旦有要捍衛或做到的事情，態度就會特別強硬。我跟我太太曾經遇到有客人一直刁難，她二話不說抄起東西跟那個客人吵架，凶到附近的人都不敢靠近，後來客人理虧摸摸鼻子付錢了事。這已經是三十幾年前的事了，如果換做是現在文花一定上新聞，搞不好還會被斷章取義說得很難聽。」李阿公乾笑幾聲，尷尬地轉頭問老婆：「現在她人已經走了，這樣好像在說她不是，文花會不會晚上到我的夢裡罵人啊？」

「文花生氣起來誰都擋不住，這還滿有可能的……」李阿嬤沒有反駁，也發出尷尬的笑意。

米粟連忙開口：「放心，這並不是說對方的壞話。每個人的作風本來就不同，文花阿嬤的處事態度也是我做調查記錄的一環。」

「這樣啊……」老夫妻同時點頭，理解米粟的意思後才放心地侃侃而談。

「文花是個很直率的人，一個人長期擔了好幾種角色，又是阿嬤又是媽媽，有時還得像爸爸。濱文跟齊文也有過很難帶的時期，那陣子每天都能聽到文花罵人甚至是打小孩，小孩的哭聲之可憐聽了都於心不忍，放在現在說不定會被說虐待小孩呢。」李阿嬤輕輕閉上眼，彷彿那時的聲音在耳邊繚繞，有點吵、有點不安也有點懷念。

「那是文花怕小孩長歪。你又不是不知道，齊文跟濱文小時候老是被欺負，聽說還碰上有問題的老師瞧不起他們。濱文小學時候還遭到校外學生勒索，結果被誤會他結交混混學會偷錢。唉，都忘了文花不准我提這件事了。」李阿公連忙伸手擋住嘴尷尬笑著，這個舉動果然引起兩人注意。

米粟忍不住打斷他們的對話問道：「能說說這件事的細節嗎？」

「雖然文花告誡過不要再說，不過我覺得瞞一輩子沒人知道也可惜。」李阿公左顧右盼一下，甚至還往上合掌做出祈禱的姿態，嘴裡喃喃念著：「文花，原諒我！我不說覺得可惜，不要入我夢裡罵人啊。」

吳梓弄與米粟見狀想笑又不敢笑，於是憋得全身抖動，好在兩個老人家視力都不算太好，沒有注意到他們隱忍的動作。李阿公就在這樣的氣氛下。緩緩道出當時的事。

據說是陳濱文小學四年級的事，大他四歲的陳齊文已經是國中一年級課業繁重，無暇顧及弟弟異狀。第一個發現的就是文花阿嬤，因為陳濱文偷她皮夾裡的錢。

那是一場李阿公至今印象深刻的風暴，性格特別正直的文花阿嬤完全不能接受孫子犯下偷竊行為，那天的打罵特別凶，甚至還把陳濱文趕出家裡，讓他在門口罰站。

剛從市場忙完回來的李阿公，看見十歲的陳濱文站在門口抽抽噎噎的樣子，將陳濱文視如己出的他偷偷上前了解情形。陳濱文不敢說出口的委屈在此時全爆發出來，邊哭邊說：「我偷阿嬤的錢……」

李阿公驚訝地握著他小小的肩膀，慌張問道：「怎麼可以偷錢？想要零用錢跟我們說啊！這在古代會被剁手的，你知道嗎？」

「因為我不知道怎麼辦……有個大哥哥說……明天如果不給他一千塊，就要打我……我的撲滿只有三百塊根本不夠……」陳濱文哭哭啼啼說著，終於有機會宣洩滿腹委屈。

李阿公聽得一陣揪心，就在這時他們身後原本緊閉的門突然打開，文花阿嬤帶著一張冷臉與李阿公對上視線。

「文、文花啊，小孩子不是故意犯錯，妳就——」李阿公想幫陳濱文說情，卻隨即被文花阿嬤打斷。

「濱文，你剛剛說的是真的嗎？」文花阿嬤的語氣彷彿帶了寒氣，讓在場所有人都不禁打了個冷顫。

「對……」陳濱文看著阿嬤憤怒到雙眼都快噴火的樣子，恐懼地往後退好幾步。

李阿公見狀急忙開口：「文花妳別生氣，有事慢慢說，小孩子也不是故意偷錢——」

「明天我陪你去，我幫你把那一千塊送給那個人。」文花再次打斷李阿公，此話一出讓李阿公與陳濱文一臉呆滯。李阿公完全沒想到她會這麼說，扶著陳濱文的肩膀小心翼翼地問：「文花，妳要做什麼？」

「我只是想看看哪家的孩子做這種事，這種恐嚇勒索的行為不能放任不管吧？」文花阿嬤看著依然抽抽噎噎的陳濱文一會，直接舉起手朝他頭上敲了一記罵道：「遇到這種事要先講，被欺負了還傻傻聽話！對方犯錯不要跟著一起錯，害阿嬤剛剛在你阿公牌位前反省是不是沒教好，真是的。」

「因為、因為阿嬤剛剛很凶……」陳濱文哽咽說道，壓不住委屈又哭了起來。

「好啦好啦！我嚇到你了，別哭了啦。」文花阿嬤抽出不知何時拿在手上的溼毛巾，替哭得滿臉眼淚鼻涕的陳濱文擦臉。

李阿公看危機化解頓時安心不少，但是對於剛才文花阿嬤說的方法，感到有點不安，「文花，這件事冷靜處理，別太衝動啊——」

李阿公滿臉憂心，文花阿嬤則厭煩地揮揮手直說要他放心。

隔天文花阿嬤帶著陳濱文到約定地點等著，遠遠地一個理平頭，看起來眼神就不是多好的瘦高少年緩緩靠近，身上還穿著就讀學校的制服。少年靠近這對祖孫，先是不太高興地瞪了陳濱文一眼，接著才看向文花阿嬤，滿臉輕蔑。

「叫你拿一千塊過來，幹嘛帶個阿婆過來？」混混少年說完還瞪了文花阿嬤一眼。

「我是他阿嬤，就是來看看哪家死小孩缺錢用！」文花阿嬤按捺不住隱忍已久的怒氣，伸手揪住少年的領子往上提。

少年沒想到這個看似弱不禁風的老人出手這麼狠，嚇得他倒抽一口氣不知怎麼回應。

「小子，這一千塊夠你吃很久吧！我可是得縫好幾百件衣服才能賺到啊！想要不勞而獲真好過是不是！」文花阿嬤將衣領轉了一圈，直到少年臉色漲紅快喘不過氣為止才放開。

少年狼狽不堪想起身攻擊文花阿嬤，陳濱文見狀擋在文花阿嬤面前，使盡氣力推開對方並近乎尖叫地喊著：「不准欺負我阿嬤——！」

因為喧嘩聲過大引來路人注意，少年不想引起其他爭端，或者也可能是心虛轉身就跑，這起勒索就這樣無疾而終。

至於為什麼不了了之，是因為陳濱文並不曉得少年更詳細的資訊，只知道綽號和就讀的國中，除此之外要查出住哪、爸媽是誰相當費勁。況且那天之後再也沒有發生勒索，儘管對於那個沒禮貌的混混少年頗有微詞，祖孫兩決定不追究。

那件事之後，似乎也讓陳濱文與文花阿嬤的關係有了那麼點變化。

「是什麼樣的變化？」米粟看李阿公露出懷念的眼神，口吻也跟著變得溫柔許多。

「文花的個性太強硬，所以跟小時候的齊文和濱文處得很不好，姊弟常常挨罵。齊文小學六年級的時候還跟校外太妹往來很深，差點就要走歪。感覺勒索事件反而促成祖孫之間可以多一點溝通，但是啊……」李阿公說到此處，又陷入一陣長長的沉默，「好不容易關係慢慢變好，文花身體就出了狀況。她為了扛這個家一直過度操勞，隨著年紀變大特別明顯，也是因為這樣才會讓齊文和濱文去跟她弟弟一起生活。」

李阿公低下頭，再次陷入失落的情緒。李阿嬤也被觸動，重重地嘆口氣說：「文花早就想好如何為這兩個孩子打算，最終讓自己孤家寡人。我常常在想，如果齊文跟濱文還一起住的話，文花可能就不會死了……」

「我聽陳濱文說過，你們是第一個發現文花阿嬤走了的人？」米粟知道現在問這個很殘忍，還是得力求讓整個生前記錄完整。

「是啊……」李阿嬤抬起頭看著前方。牆的另一邊就是文花阿嬤的住處，據說現在只剩下幾件不好搬的大型家具，幾乎是淨空狀態。

「李阿嬤，可以說說那天，或者在這之前的事情嗎？」米栗輕聲問道。

李阿嬤感受到米栗的小心顧慮，親切地笑了笑，「不過已經過一段時間，我的記憶有點模糊。」

「不要緊的，我們都會記錄下來。」吳梓弄舉起筆貼心安慰道。

李阿嬤先是呼口氣，才緩緩道出那兩天發生的事情。

「她過世前一天完全看不出異狀，還送了一大袋豌豆莢給我，我們整個下午就坐在這裡剝豌豆莢。」李阿嬤指著沙發說道：「她就是坐這張沙發，跟我一起剝豌豆莢一起聊天。」

李阿嬤邊說邊回到當時的記憶裡。文花坐在她面前微笑談天，不管是有點大剌剌，還會罵個幾句髒話的說話方式，還是偶爾對兩個孫子的思念，都在那天的閒聊裡表露無遺。對李阿嬤來說，原本只是再普通不過的一天。

「如果想孫子的話，就把他們接回來住嘛！反正房間擠一擠住三個人還可以。」李阿嬤手上的工作已經完成，看著文花阿嬤難得落寞的姿態出聲建議，卻換來對方搖搖頭神色嚴肅地拒絕。

「不行、不行，我都幫他們安排好了，不能回來！他們回來沒人可以依靠，我弟弟那邊生活環境比較好，他們才有未來，我這裡就不用管了。」

「可是妳一個人他們也不放心啊，還有妳在說這些的時候，臉上都寫著很想孫子，不然偶爾接過來住幾天嘛！他們這樣像是被趕出去一樣，真可憐。我聽濱文說妳還叫他們以後週末都不要過來，待在家裡就好，連週末住個兩天都不行嗎？」李阿嬤見文花阿嬤這麼堅持，又忍不住多碎念幾句，無論如何都換來對方搖頭拒絕。

眼看兩個老人家就快吵起來，李阿嬤率先退讓轉移話題，她太清楚文花阿嬤衝動的性格，一點也不想跟老鄰居起衝突，「對了，文花啊，晚上我要燉雞湯，過來一起吃晚飯吧！三個人一起吃比較有話聊。」

「好啊，我帶兩樣菜過來一起吃晚餐。前陣子有朋友送給我一些菜，剛好可以幫我消一點，不然一個人吃不完。」文花阿嬤欣然接受邀約。

那頓晚餐就成了老夫妻最後一次見到文花阿嬤。一天後他們因為整天不見文花阿嬤覺得古怪，一早就去隔壁察看，恰好有扇氣窗沒關好，得以透過那一點縫隙看到內部。文花阿嬤就倒臥在客廳地板上，頭部向下動也不動。

李阿嬤說到這裡想憋住淚，但一股悲傷還是將她眼角逼出淚水。李阿公倒是情緒平靜，還能親自遞幾張衛生紙給老婆，拍拍自家老婆的肩膀低語：「所以我就覺得文花知道自己大限快到了，才會在這幾年做好各種準備。」

李阿公停頓一會，將目光轉向米粟與吳梓弄說道：「文花這幾年很多舉動，現在看來都是替死後做準備。替兩個孫子找到可以依靠的人，然後前陣子把所有房貸和債務都結清，原本市場的攤位也轉讓給別人，這一年來都在家裡接裁縫工作維持生活，不久前也提過要留給孫子的東西都準備好了。」

米粟聽到關鍵字，眉頭一皺連忙追問：「文花阿嬤留了什麼嗎？」

「這個我就不太清楚了，但有說是給孫子們的一點心意。」

米粟與吳梓弄四目相對，很有默契地判斷這就是陳濱文說想找到的禮物盒。

米粟乘勝追擊，想問出更多線索，「陳濱文也有說過，文花阿嬤有留一樣東西給他們，但整理遺物時並沒有找到，你們曉得文花阿媽可能藏在哪裡嗎？」

老夫妻聞言互看一眼搖搖頭，李阿公則說道：「文花只說都有收好，會找機會交給齊文跟濱文，所以聽起來他們並沒有拿到？」

「陳濱文委託我們調查文花阿嬤的生前，一方面也是想找到那些東西。」

「這就奇怪了，文花是會把東西都收好的人，怎麼可能找不到。」李阿公摸摸下巴，同樣感到困惑。

米粟盤算今天的訪談差不多該告一段落。一如過去的經驗，生前記錄必定還缺了不少，需要多點線索，「李阿公阿嬤，請問文花阿嬤平常還有跟其他人往來嗎？」

兩老思考好一會，才抱著不確定的態度說：「應該就是她有陣子在紡織廠認識的同事們。」

米粟一聽，立刻向他們打聽關於紡織廠的線索。

第八章

尋找最後的禮物盒（三）

訪談結束的隔天晚上，米粟就與生前調查室成員們在群組上展開熱烈討論。晚上七點半還在樓下飯館幫忙的吳梓弄，只能偶爾透過手機得知討論內容。一如過去的習慣，他只看討論不發言，但會把問題另外筆記下來，等一下直衝三樓與米粟討論。

此時的米粟正為了文花阿嬤的禮物盒下落，與成員們展開各種討論。

米粟：「這次七十一號的生前記錄，已經有能連繫的訪談對象名單，重點在於委託人想找七十一號遺留的『禮物盒』。我們今天與鄰居訪談後，確定的確有『禮物盒』的存在。」

走路靠右：「所以是『禮物盒』下落不明的意思？鄰居的訪談有放在哪裡的線索嗎？」

米粟：「唯一能確定的是七十一號是位很謹慎的人，反應在她收納物品的習慣上。」

長頸鹿：「這樣的話，有沒有可能委託給誰保管了？」

米粟：「或許有，所以正在確認七十一號可能託付的對象。」

木可可：「這樣就奇怪了，七十一號怎麼不直接交給委託人就好？」

米粟：「這也是我認為奇怪的地方，委託人給的資訊可以確認他們聽七十一號口頭提過這件事。」

走路靠右：「委託人沒見過『禮物盒』？」

米粟：「是的，鄰居也說沒見過盒子，連『禮物盒』的細節也不清楚。但我從鄰居的說法判斷，應該是有價值的東西，因為有提到是要給委託人一點心意。」

長頸鹿：「這下我斷定很有可能被知情的人拿走了！以我們過去經歷的案例，只要扯上高價物品或錢財，事情就會變得很複雜。」

米粟：「是啊……另外，我也會再確認鄰居是否有隱瞞的可能性。如果是有價值的物品，難保他們會藏起來不願透露，畢竟是第一個發現七十一號過世的人。」

木可可：「的確有這個可能。另外資料有提到七十一號五年前工作場所的同事，說是少數有持續往來至今的人，這部分室長有連繫上嗎？」

米粟：「有，委託人與鄰居都有提供線索，這幾日會深入調查。」

走路靠右：「全盤看來被幹走的機率很高，找回來的可能性凶多吉少了……」

米粟：「**我也不希望結果是這樣，但也只能抱持這是最糟糕的結果，底線就是查出盒子的下落跟真相。**」

後續他們針對禮物盒又討論了不少可能性。雖然中途話題一度像在無限迴圈，但是有控場王走路靠右在場，在八點半吳梓弄拎著便當上樓，氣喘吁吁地推開三樓房門時，只看到米粟悠哉地靠在床上打手遊，心裡有些鬱悶。

「今天討論得也太快了吧？」吳梓弄看著手機上的群組對話，最新一句就是米粟所寫的「**今天就到這邊，謝謝大家**」。

「今天都在猜測可能性，本來討論的內容就不多，反倒是剛才私下跟陳濱文連繫的事情才讓我苦惱。」米粟慢慢坐起身，儘管不怎麼餓但知道吳梓弄會盯他不准挑食，還是乖乖主動擺好折疊桌，連坐墊都放好了。

「發生什麼事啦？」吳梓弄見他主動的樣子，本來還想照慣例提醒不准挑食的念頭就這樣打消了。

「本來打算請陳濱文跟他姊姊一起接受訪談，但他一直沒跟姊姊說委託了生前調查的事。」米粟打開便當盒，看著裡頭有兩道主菜、三樣蔬菜，顯然比以往收斂許多，份量甚至還要少一些，覺得這是最值得慶幸的事。

「那就跟姊姊說明一下不就得了？」吳梓弄見米栗沒有挑食的樣子，滿意地點點頭，送出兩瓶今天剛買的柳橙汁。

「陳濱文說姊姊跟文花阿嬤一個樣，一樣凶……」米栗辛苦地吞下白飯與滷蛋，回想剛才陳濱文回覆的訊息，看得出他很是為難與不安。

「姊姊簡直是文花阿嬤的複刻版嗎……」吳梓弄嘆口氣，完全可以理解陳濱文的顧慮。

「對啊，但為了找到禮物盒，一定要訪談這對姊弟。」米栗慢慢咀嚼著，面露煩惱地想了一會又說：「不管如何得跟姊姊談談才行，我得做好挨罵的準備。」

吳梓弄聽他不斷喃喃自語，為了替陳濱文找到禮物盒提出許多想法，時而煩惱時而做好打算。這段時間手機的訊息通知音效響個不停，米栗忙著回覆。吳梓弄盯著他忙碌，沒有對他分神吃晚餐的事有任何意見。

傳訊息的人是陳濱文，帶著為難的語氣寫道「姊姊對於阿嬤離世的反應很奇怪，感覺很難過但是講到一些關鍵字又會很生氣。我觀察了一下，她最介意的就是阿嬤不顧我們意見，強制讓我們被叔公收養這件事」。

米粟盯著這段話安靜許久，就連配菜都快吃光也沒發現。就在這時吳梓弄出聲打斷他的思緒，「我記得陳齊文現在是大學一年級吧，哪間大學？」

米粟眨眨眼，有點掙扎還是說出答案：「楠中大學。」

「哎？這不就表示她是我學妹？」吳梓弄挑挑眉略感驚訝喊道，接著露出狐疑的目光追問：「你故意隱瞞這件事對不對？從你剛剛的反應看來，不是很想讓我知道這件事喔。」

「有、有嗎？我只是覺得這個線索應該用不上……」米粟心虛地低語，這個說法當然無法說服吳梓弄。

吳梓弄不太開心地瞪著米粟，又考量到現在不是吵這種事的時候，他反覆深呼吸好幾次，調整好情緒後說道：「那麼現在這個線索派上用場了吧？」

「不一定，楠中大學這麼大，你怎麼確定能順利連繫上陳齊文？」米粟狐疑地看著對方，吳梓弄則朝他露出一抹自豪的笑意。

「你對我在大學的情況了解嗎？」

米粟被這麼問呆愣了一下，這的確是他從沒深思過的事情，只見聲音越來越小，完全藏不住心虛的態度，「不、不是很了解，只曉得你念理科相關的科系而已……」

「所以你也不知道我以前待過學生會吧？因為這學期接了上耘高中的社團活動，無法兼顧才退出。畢竟校內有很多活動跟事務要學生會處理，還是把位置讓給更合適的人才好，但也不代表我從此沒跟學生會的人往來。」吳梓弄很滿意米栗呆滯的表情，還加碼說道：「我連你堂哥念哪系哪班都知道了呢！」

「你沒事查我堂哥幹嘛？」米栗聽聞不禁感到頭痛。

「以備不時之需，當然能不派上用場最好，總感覺跟你堂哥不對盤。」吳梓弄毫不掩飾厭惡，讓米栗心情有些複雜，同時慶幸他還算有自知之明。

「總之，我來想辦法跟陳齊文連繫吧。」

「唔……」米栗有點不放心，想了想才說：「我還是跟陳濱文說一聲，如果你順利連絡上的話，請務必讓我跟她親自見個面。」

「畢竟生前調查室是你創立的，我會尊重你的要求。」

由於吳梓弄意外地好溝通，讓原本忐忑不安的米栗安心一些，但一想到陳齊文被自己弟弟說是文花阿嬤的翻版，想來一定還有很多困難要克服就擔憂不已。

吳梓弄透過米粟給的資料，得知陳齊文與他不同科系，但每天下午四點以後都會參加弓箭社的練習，他決定在隔天下午前往練習場地，直接與陳齊文表明來意。

幸好弓箭社裡有吳梓弄認識的熟人，他一進去就先與對方寒暄幾句才說道：「我有點事情想找你們社團一個叫陳齊文的人。」

對方聽聞馬上轉頭，向遠處其中一位正在練習拉弓的社員喊道：「陳齊文，有人找妳喔。」

一身淺藍色運動服，留著一頭及肩長髮的陳齊文，拿著弓箭朝吳梓弄走來，才剛站定就用相當冷淡的口吻問道：「你是哪位？」

吳梓弄先是倒抽一口氣，想起米粟說這個人與文花阿嬤作風相似，態度就更為慎重深怕搞砸。吳梓弄露出平常對付飯館常客很有用的營業笑容，暗自祈禱對陳齊文也能發揮效果，「我是妳弟弟濱文的朋友，剛好有點事情想找妳。」

「我弟什麼時候認識你的？我怎麼從沒聽他說過？」陳齊文皺起眉，口吻不太友善。

「是最近認識的，剛好聽他說妳以前也念上耘高中。」

「所以呢？」陳齊文這下子口氣更冷了些，讓努力維持微笑的吳梓弄快被擊垮，但是他說什麼都要撐住。

「事實上妳弟弟委託我們找文花阿嬤留下來的東西，因為最近有點進展，想找妳一起做訪談。」

「啊？我怎麼聽不懂你在說什麼？」陳齊文覺得太過莫名其妙，對吳梓弄充滿戒備。

吳梓弄安靜好幾秒，以他從小就在飯館幫忙的經驗，要特別注意應對這類客人的態度，一個不小心就會造成誤會甚至爭執。然而現在又不能採取敷衍方式帶過，他評估後決定全盤托出。

「妳弟弟委託我們，想找文花阿嬤提過要留給你們的東西。因為目前調查遇到一點瓶頸，想找妳跟妳弟弟一起做個訪談，看能不能挖到更多線索。」吳梓弄很努力展現誠意，但陳齊文的反應不太好。見她抗拒的態度，吳梓弄只好掛著微笑盡力展現親切，「雖然好像冒犯到妳了，不過我想來想去，直接跟妳說清楚原由最好。」

「我跟弟弟說過那個東西可能根本不存在，不要白費力氣，他幹嘛又去麻煩你們呢？」陳齊文避開吳梓弄的注視，不太開心地低語。

吳梓弄想起李阿公阿嬤提到，陳齊文對文花阿嬤將他們託付給自己弟弟收養一事心存芥蒂，或許就是這層原因，眼前的女孩總是透露著像是不滿或不甘心的情緒。

吳梓弄思忖一會後婉轉提起，「因為不確定所以才想試著找找看吧？我們曾與文花阿嬤的鄰居李阿公阿嬤見過面，他們也提到文花阿嬤的確有留了些東西想給你們，很有可能是她生前收在只有自己知道的地方。」

「居然連李阿公他們都找了！幹嘛這麼大費周章呢？」陳齊文大大地嘆了口氣，煩躁地順了順頭髮說道：「就算真的有，可能也找不回來，我還是覺得弟弟在浪費時間。」

「不會浪費時間的。」吳梓弄以平靜的口吻淡淡向她說道。

「人都已經死了，就不要再去煩惱這些過去的事吧，不管阿嬤是不是真的有留東西給我們，做這些事情根本沒什麼意義。」陳齊文越說越生氣。吳梓弄再次陷入沉默，他發現陳齊文與說的話恰恰相反，臉上寫滿了懊惱與悲傷。

然而吳梓弄也覺得現在不適合繼續談下去，他想了想從背包裡抽出便條紙，寫下自己的手機號碼遞給陳齊文。

「我們是一個叫做生前調查室的社團，就如同這個名字，創辦人用很佛心的價格，為委託人調查委託對象生前的種種。妳弟弟剛好跟創辦人同校，所以才有機會委託。我們向來很尊重每一位關係人的想法，但要補足和記錄一個人生前的事情，需要許多人合力，尤其妳還是文花阿嬤唯二的孫子，如果妳也不願意談的話，文花阿嬤生前的種種可能就會隨著時間消失——啊，這是創辦人的初衷，我只是轉述而已。如果妳有意願歡迎隨時連繫我，打擾了。」

吳梓弄說完後點頭，不等對方回應就轉身離去。看似帥氣的他，才剛遠離陳齊文立刻露出懊惱的表情。

就在這時米栗彷彿有讀心術，隨即傳來關心的訊息。

米栗：「狀況如何？」

吳梓弄咬咬牙，邊走邊回道：「我留連繫方式給她了。」

米栗大約停頓三秒才回傳訊息，「意思就是，溝通不順利……是吧？」

吳梓弄：「可以這麼說，好像可以想像文花阿嬤的個性了。」

米粟：「好吧，等晚上再討論後續。」

吳梓弄應允後，仰頭看著湛藍的天無奈地嘆口氣，有些懊惱地低語：「本以為可以說服她呢，看來是我太有自信了……」

晚上七點半，今天飯館不算忙碌，吳爸爸裝好要給米粟的晚餐後就催促著吳梓弄快送飯過去。

遲遲等不到陳齊文回覆讓吳梓弄越來越沮喪，抵達三樓時米粟已經架好折疊桌，上面放著筆電，正在與群組成員們討論禮物盒可能的下落。吳梓弄安靜將便當盒取出放在桌上後，就反常地拿起手機盯著螢幕發呆。

米粟慢條斯理地打開便當盒，看著這次依然爆滿的菜色，甚至還有討厭吃的秋葵，只好把不想吃的食物挑到盒蓋上頭。他下意識瞄向一旁，平常早就出聲罵人的吳梓弄只是看了他一眼，什麼都沒說。

米粟狐疑地吃下一口白飯，越想越不對勁，直接伸手摸他的額頭。

「沒事摸我幹嘛？」吳梓弄抓開他的手。

「奇怪了，你沒發燒啊。」

「我人好好的才沒有生病，別亂講話。」

「可是你現在有點奇怪，居然對我把不想吃的菜都挑掉視而不見？」米粟指著盒蓋上的蔬菜說道。

「我只是在想事情——喂！太過分了吧？給我全部吃完，不准挑食。」吳梓弄回過神來，看到米粟幾乎把七成的蔬菜都放在盒蓋上，口吻凶惡地喊道。

「好啦！早知道就不跟你說了。」米粟突然覺得自己何必沒事找麻煩，差點就可以逃掉一次。

「專心吃飯。」吳梓弄拿起湯匙將所有蔬菜又撥回飯盒裡，又恢復剛才的姿勢，盯著手機螢幕不放。

米粟終於按捺不住出聲：「今天可以討論的事情不多，群組沒什麼內容喔。」

「才不是在看群組，又不是不知道你傍晚有通知今天休息。」吳梓弄沒有移開視線，淡淡地說道。

「不然你在看什麼？」

「在等陳齊文連繫我……」吳梓弄鬱悶地說道。他什麼事也做不了，平常固定打的手遊也無心理會，就這樣盯著手機期盼對方能給點回音。

「你這樣做她又不會打來。」米粟吞下嘴裡的食物後才說：「其實早就猜到可能會發生這種事，你也別太難過。陳齊文是個怎麼樣的人呢？可以跟我說一下今天接觸的情形嗎？」

「她的態度有點奇怪，我感覺她其實對於文花阿嬤過世很難過，但是表現得不想在乎甚至生氣。她果然很介意文花阿嬤讓自己的弟弟收養他們的事情嗎……對了，你那邊有連繫到其他人嗎？」吳梓弄整理了一下思緒，判斷陳齊文的心結不是一兩天就能解開，不可能這麼快主動連繫。一想到此，他豁然開朗放下手機，將注意力轉向其他事情。

「鎖定一個人選，已經約好見面時間。她只有週末才有空，所以約定這週六下午見面。」米粟啃了一口今天主菜的炸雞腿，吳梓弄正想開口，馬上就被他打斷，「你到時候載我過去吧，我知道你要說什麼。」

吳梓弄嘴巴微張，隨即露出輕笑，「你好像完全摸熟我在想什麼了啊。」

「拜託，這樣每天見面還會不懂嗎，如果我拒絕的話，會被你碎念很久吧？」

「知道就好，我週六會特地為這件事空下來。」

吳梓弄的心情變得比剛才還要好一些，米栗這時才鬆口氣。原來這麼開朗的人突然烏雲籠罩的鬱悶樣子，會如此影響身邊的人。

米栗慢慢咀嚼著晚餐，一邊想著自己不知不覺已經習慣吳梓弄介入他的生活與生前調查的工作。起初還覺得這個人有點煩，現在卻發現有可以商量的對象也不錯，當然這種心情他不會讓吳梓弄曉得，免得對方太過自滿。

週六下午，吳梓弄負責騎機車送米栗到市區一間咖啡廳，當他被米栗帶上二樓時，不禁有些意外。

「哎？怎麼會是……」吳梓弄看著店門口的招牌不知所措。

「你沒來過女僕咖啡廳嗎？」米栗相當平靜地推開門，響亮的鈴鐺聲讓人感到一陣清爽。

「沒。」吳梓弄抿著嘴無辜地說道。

「那就趁這個機會體會一次吧。」米栗意味不明地笑了笑，在打扮可愛、妝容精緻的女僕引導下，來到靠窗位置坐下。

吳梓弄直到坐定位還是有點慌張，看著米栗還能在就坐時與可愛的女僕交談，有些疑惑也有點佩服。米栗指著菜單上頭其中一項問道：「梓弄哥，幫你點這個『愛的加油套餐』好不好？」

「這是什麼？」吳梓弄擰起眉，本能告訴他這個名字不太妙，加上米栗一反常態笑容可掬的樣子，擺明就是有問題。

「有、有別的嗎？」吳梓弄努力維持鎮定，但語氣聽來有那麼點虛弱。

「這個呢？『超特別・愛的激勵套餐』？」米栗指著下方第二個品項問道。

吳梓弄忍不住反駁：「這個名字感覺更可疑啊！跟剛才有什麼不同？」

「內容不一樣，你看第二項有多一道濃湯。」米栗很認真地解釋。

「我覺得你在整我，第一項就好啦。」吳梓弄不想再與他耗下去，隨意答應。

米栗立刻招手，一名可愛的女僕馬上來到他們面前親切地招呼。

「一份寧靜的午茶，一份愛的加油套餐。」

「好的，兩位主人。愛的加油套餐會稍微晚一點上餐，請問可以嗎？」女僕抄寫下餐點，笑容甜美地問道。

「梓弄哥，可以吧？」米栗對著吳梓弄問道。

「可以，反正我又不急。」吳梓弄雙手一攤，不想去思考到底會上來什麼餐點。

米栗又對那名女僕說道：「對了，今天妮妮在嗎？」

「啊，妮妮有交代今天會有人來找她，原來就是主人們嗎？」

「是的，可能會占用她一段時間，希望不會影響妳們工作。」米栗滿是歉意地說道。

「妮妮這個時間沒有排班，請主人們不用擔心，等上完餐就請她來。」

米栗點點頭，女僕又向吳梓弄笑了一下才離去。吳梓弄縮著肩膀皺眉，總覺得剛才那抹笑別有深意。

而他的不安在十分鐘後揭曉，剛才負責點餐的女僕帶領了其他三位女僕來到吳梓弄面前。「這位主人您好，現在為您送上『愛的加油套餐』。」

吳梓弄看著這個陣仗心裡暗叫不妙，正想出聲制止時，四名女僕團團圍住他，雙手握拳上下擺動，以可愛又甜美的嗓音整齊地喊道：「主人辛苦了！我們來為你加加油！給你滿滿的元氣充滿能量，讓我們給你滿滿的愛！」

吳梓弄瞬間腦袋一片空白，被幾名女僕圍住打氣好一會後，真正的食物才送上桌，茄汁義大利麵與一籃奶油麵包，還有一杯冰淇淋紅茶。基本上是很常見的餐點，唯一不同的就是剛才那讓他倍感衝擊的加油聲。

女僕們吶喊完後，又向他微微鞠躬才轉身離開，留下眼神呆滯的吳梓弄。

「這些是什麼……」他聽到米栗的竊笑聲才回過神來，拍桌俯身向前咬牙說道：「你早就知道有這些吧？你點的『寧靜的午茶』就只是普通餐點而已，是想整我吧？」

米栗被吳梓弄剛才不知所措的樣子激起笑意，依然停不住地輕笑，甚至眼角都擠出淚水了。

「只是想讓你體驗看看我上次的經歷──」米栗又笑了一陣子後才說：「我堂哥上次就是幫我點這道，也想讓你見識見識。」

「你這樣並沒有安慰到我！是說你之前為何來女僕咖啡廳啊？不像你會來的店。」吳梓弄激動地喊道。

米栗為了安撫他，抓起奶油麵包送到他嘴邊，「堂哥說想體驗看看，就被他拐來了。其實很好玩，我也真的有被鼓勵到。那時候我狀況很差，被這樣鼓勵突然有點想哭，到現在還念念不忘。某些時候人真的很需要正向安慰，一句話也好……好啦別氣啦！吃個麵包吧。」

米粟難得露出爽朗的笑容。吳梓弄見他難得坦承內心話，頓時消氣不少，可是依舊還沒拋開尷尬，只好搶過麵包大咬一口轉移注意力。

此時一名綁著雙馬尾，穿著可愛洋裝的女孩來到，打斷了他們的對話，「讓你們久等了，我就是妮妮。」

「抱歉打擾妳工作，請坐。」米粟將另一側椅子拉開請她入座。

「這間店是我跟哥哥合開的，我算是半個老闆，另外安排時間補班就好。」妮妮有張彷彿高中生的年輕臉龐，大大的眼睛，擦著粉紅色唇膏，身上還有股淡淡像是花朵的香水味。

「先謝謝妳願意撥空接受訪談。」米粟向她微幅行禮後，掏出收在背包裡的筆記本。他這次打算自己抄寫重點，讓吳梓弄好好用餐。

吳梓弄也靜靜地吃著餐點，這次單純擔任陪伴的角色。

「我先確認，妳已經知道文花阿嬤的事了吧？」米粟悄悄放低音量問道。

「我有去她的告別式捻香。很突然呢，她明明看起來身體那麼硬朗。」妮妮露出凝重的表情說道。

「我們訪談過與她有往來的每個人都很錯愕。請問妳是怎麼認識文花阿嬤的呢？」

「高中暑假時在紡織廠打工認識的。我只懂一點皮毛，是文花阿嬤負責帶我跑流程。」妮妮的神情儼然是陷入當時的回憶裡，嘴角微微彎起，眼神卻是滿滿感傷。

「好特別，妳怎麼會想去紡織廠打工？大致是什麼樣的工作內容呢？」米粟眼睛閃閃發光地問道。

「是負責用裁縫車將布料照指定方法車好，車的品項不固定，大概兩三天就會換一種。我第一天的時候速度很慢，被文花阿嬤糾正好幾次，而且她超嚴厲的，我下班回家還難受到哭出來。」妮妮露出為難的表情說道。

「好幾位文花阿嬤生前認識的人都說她作風相當直接，而且有點……不太好相處？」

「不是有點，第一印象真的超級勸退。那時一想到要跟這個人相處兩個月，就好想辭職，但暑期打工不好找，而且我對裁縫本來就有興趣，想多學點技能，還是咬牙撐下來，反正只要忍耐到開學就好。」妮妮輕聲嘆口氣後才說：「一想到她已經過世，在這邊說這些感覺好像有點不敬。」

「妳只是回憶與她相處的種種，這也是生前調查最重要的一環。」米栗溫柔地向她解釋。

妮妮隨即露出釋懷的笑意，「也是呢。不過後來發生一件事，讓我徹底對文花阿嬤改觀。」

「記得是我工作第二週的事，那時候家裡出了點狀況，我跟我媽大吵一架。她不認同我想做的事，一直說做這些根本沒未來，反正罵得很難聽。我那天上班時大受影響，但不能干擾到工作所以一直忍著，直到中午實在受不了，躲到工廠後面偷哭，結果剛好被文花阿嬤撞見。她當下什麼都沒說轉身離開，我只感到尷尬。可是午休結束開工時，發現文花阿嬤拿走我大部分的布料，說今天下午都給她處理，單還是會記我的名字，讓我照常領錢好好休息一下。」

妮妮抹掉眼角快落下的眼淚，平復好情緒才說道：「我才發現她只是個脾氣比較衝，對人很貼心的老人家。也從那次之後，我跟文花阿嬤慢慢變得比較親密，結束短期打工那天文花阿嬤還送我禮盒，留給我連繫方式，說以後如果有什麼困難隨時可以連繫。」

「那麼她在紡織廠跟同事相處的情形如何呢？」米粟在筆記本寫下不少重點，對今天豐富的收穫感到滿意。

「其實有點微妙，有很喜歡她的同事，但不喜歡她的同事也不少，而且有些資歷比較深的老鳥還會推託工作給她。可是我很少看到文花阿嬤抱怨，只要能增加單量她都願意接，超級拚命工作賺錢。有一次回工廠敘舊，發現她的手都是傷，才知道那個月她一直加班。我問她為什麼不多休息，她說想留點東西給孫子們。」妮妮這時停頓幾秒，連忙伸手掩住嘴說道：「那時候文花阿嬤就意識到自己壽命不長了吧，我怎麼現在才想到呢？」

說罷，她的眼眶已經泛紅。吳梓弄動作很快，馬上抽起衛生紙遞到妮妮面前。這是加入生前調查室之後練就的能力，遞衛生紙給訪談對象要快狠準，他甚至不知不覺與米粟偷偷較量起這件事。

米粟正帶著「你幹嘛搶我工作」的眼神瞪著他，兩人這般短暫的無聲爭鬥後，米粟認清自己徹底敗北，也就不浪費時間，繼續問其他問題：「妳最近一次跟文花阿嬤連繫是什麼時候呢？」

「我們斷斷續續都有透過手機連繫，真正最後一次見到面是半年前了，沒想到是最後一次。」妮妮感傷地望著桌面，當時的回憶不斷湧出，就算細節已經模糊不清，對她來說仍是最後的專屬回憶。

「當時是為了什麼事情連繫？」

「這個啊……」妮妮指著剛好經過的一名女僕。

看米粟與吳梓弄同時露出不解的表情，她帶著幾分自滿的笑容說道：「她們身上的女僕裝，一共六套，全都是文花阿嬤親手縫製。當初我跟哥哥想委託她時，一度還被誤會要開什麼奇怪的酒店，花了很長時間解釋，她才大略理解什麼叫女僕咖啡廳，而且找她縫製真的找對了。」

妮妮朝離她最近的女僕招手，對方帶著可愛的笑容靠近。她指著那名女僕的裙子說：「琪琪妳先別動，讓他們看看身上的衣服。你們看，這邊的蕾絲和裙襬縫法多仔細，這還是文花阿嬤主動建議的，還有上半身的公主袖弄得真美。當時我跟我哥一度建議她要不要接看看角色扮演服裝訂單，但是被拒絕了，真可惜。」

米粟受到吸引，仔細盯著女孩身上的衣服，忍不住拿起手機期待地問道：

「方便讓我拍照嗎？完全想像不出這些女僕裝全是文花阿嬤縫製的，要是讓她孫子知道的話，他們一定很驚訝。」

妮妮當然沒有拒絕他的請求，甚至將店內所有的女僕喚來，大方地說道：「要拍就拍整套吧！」

米栗有些呆滯地看著面前六個女僕，她們穿著同款式的女僕裝，髮型都是不同的甜美可愛風格。吳梓弄竟也有一瞬間看得入神。女僕裝和七十多歲老阿嬤，感覺是兩個無關的詞彙，卻因為生前調查而有了連結。

「要拍囉——」米栗小心翼翼地按下快門鍵。一直旁觀全程的吳梓弄也很好奇，忍不住俯身查看他拍攝的成果。

「有點令人意外呢，一想到這間女僕咖啡廳全部制服都是文花阿嬤做的，突然覺得你剛才整我點那個什麼『愛的加油套餐』也沒什麼好計較了。」吳梓弄搖搖頭，充滿情感地說道。

米栗朝他露出難得的頑皮笑意回道：「這可是文花阿嬤遺留的寶物，要不要再來一次？我請客。」

「你敢的話，今天晚餐我一定會交代我爸，給你四主菜超豪華便當，沒吃完不准離開啊——」

「不行！你不能拿這種事威脅我。」米栗光想像就覺得恐怖，忍不住做出反胃的樣子。

「會怕就給我安分點——」吳梓弄朝他彎著嘴唇微笑，眼神卻充滿威脅性。

米栗有些害怕，忍不住嘀咕：「說好的不計較呢？根本在意得要命啊……」

第九章

尋找最後的禮物盒（四）

儘管女僕咖啡廳的訪談對吳梓弄來說驚嚇多過一切，不過透過妮妮提供的線索，他們有了非常重大的收穫。

訪談結束後妮妮送他們離開時，米栗隨口詢問：「對了，據妳所知，文花阿嬤是否還有跟其他紡織廠的同事連繫？」

「有個跟她住得很近的姜心寧，現在應該二十七、八歲，比我早幾年到職，也是文花阿嬤帶的後輩。因為路線相同，她每天會騎車送文花阿嬤上下班。」

妮妮想了想，語氣帶著滿滿的不確定，然而這個線索卻讓米栗與吳梓弄眼睛一亮。

「妳有姜心寧的連繫方式嗎？」米栗連忙拿起手機，心中浮現一絲期望。

「有是有，畢竟我在紡織廠打工也已經是七、八年前，如果她換過手機號碼的話，就很難連繫上了。」妮妮拿出手機翻找，面露猶豫。

「可以先幫我們連繫看看嗎？如果我們貿然連繫對方的話，可能會被拒絕。」米栗考量到過往被當作詐騙集團的經驗，輕則導致調查進度嚴重拖延，重則無法取得訪談機會，眼睜睜看著可能記錄的生前事蹟就這樣溜走。

「好吧，給我一點時間，有結果馬上連繫你們。」妮妮欣然接受米栗委託，雙方就這樣結束愉快的訪談。

當天晚上，米栗與吳梓弄又窩在三樓整理近期取得的調查結果。他們一如往常吃完爆量的晚餐，一邊期待著妮妮的好消息，令人意外的是反而接到陳濱文的來電。

「不好意思這時間打擾了。」陳濱文客氣有禮的聲音從手機另一端傳來，米栗確認時間是晚上九點，的確有點不尋常。

「一點都沒有打擾到，有什麼事？」米栗摸摸吃撐的肚子。

「就是……如果我跟姊姊現在過去一趟方便嗎？」在陳濱文說完之際，米栗就聽到不遠處傳來陳齊文嚷嚷的聲音。

「幹嘛這種時間連繫？天亮再說不就得了？」

陳濱文也不管手機這端的人是否會聽見，轉頭就喊：「我怕妳反悔，所以要趕快跟學長連繫。」

陳齊文這下更不高興了，音量更大地喊道：「我是沒信用的人嗎？你說這種話太侮辱我了吧？」

米栗就這樣靜靜聽這對姊弟吵架。他心裡其實有點羨慕，原來跟兄弟姊妹吵架是這種感覺，很不客氣但言談中有親人之間特有的氣氛。

「總之我們現在可以過去一趟嗎？」

「可以，現在有空，我傳地址給你。」米栗給完資料後，就把手機放在桌上。吳梓弄就這樣看著他好一會，他才看懂吳梓弄眼底的意思。

「陳齊文跟陳濱文等一下要過來，大約三十分鐘後到，待會去下樓接他們。」

「咦？為什麼突然……」吳梓弄一聽立刻拿起手機，並沒有看見陳齊文有任何回覆。

「不曉得，等他們到了再問清楚吧。」米栗聳聳肩。雖然他對於這次文花阿嬤的案件有太多不確定性感到吃力，但也是種寶貴的經驗。

三十分鐘之後，陳齊文與陳濱文準時抵達。吳梓弄特地拉開一半飯館的鐵門，與米栗一同等待，當與陳齊文重逢時，不知為何對方露出一抹尷尬。為了能讓事情順利進行，吳梓弄擺出相當大方的態度說道：「上樓吧。」

陳齊文很平靜地點點頭，跟隨在吳梓弄身後。陳濱文則頻頻回頭，對在最後頭的米栗露出歉意，「學長抱歉，突然來找你們。」

「沒關係，我比較想知道你們為什麼突然想來，還有——」米栗刻意停下腳步，與陳齊文拉開一點距離後才輕聲地問：「為什麼你姊姊願意協助了？」

「昨天李阿公阿嬤突然打電話來，說想吃頓飯，看看我們好不好。我們就像家人一樣，昨晚就陪他們吃了頓晚飯。李阿公提到你們去找他的事情，我姊脾氣再怎麼衝，面對長輩還是會收斂點，結果我們聽了好幾個小時的話當年。結束回家時，我感覺姊姊怪怪的，而且一直盯著手機，感覺在猶豫什麼，然後剛剛就突然說要我跟你連絡。」

「我大概知道原因，先上樓吧。」米栗想起吳梓弄前陣子也是相同的表情，直到四人都進到三樓房間時，忍不住彎起嘴角想笑。為了不讓人感到奇怪，他很快就恢復成原本冷淡的樣子。

米栗是最後進門的人，他發現吳梓弄已經在折疊桌旁放好四個坐墊，還有不知何時買的四瓶果汁。

「你怎麼這麼慢啊？」吳梓弄有些不滿地問道。

「我先去了廁所。」米栗等著三人就坐後，挑了面對陳家姊弟的位置入座，還催促眾人先喝點果汁。他深呼吸一口氣後，才對著陳齊文說：「姊姊妳好，我是濱文的學長。妳應該已經透過梓弄哥大致知道生前調查的內容，但我有聽說妳並不想跟我們連繫，為什麼突然又願意了呢？」

陳齊文噘著嘴，看了在場所有人一遍，最後將目光鎖定在吳梓弄身上，口吻還是不太友善地說：

「那天學長來弓箭社說這些事情的時候，我覺得很煩。人都死一陣子了，雖然偶爾會想阿嬤，但實在不想一直提起。昨天吃飯時，突然覺得這兩個長輩也好老了，不知道這樣見面的機會還有多少，加上他們一直聊阿嬤過去的事，我當下想起學長提過的調查，就逼問弟弟到底要幹嘛。」

陳齊文說完後臉上露出羞澀的神情，三雙眼睛的注視讓她感到不知所措。

「問就問，幹嘛那麼凶啊。」陳濱文沒好氣地瞪姊姊一眼。

「因為你沒事跟外人講阿嬤的事，我覺得很奇怪啊。」陳齊文大大地嘆了口氣，最後垮下肩膀趴在桌子上說：「如果你們需要去屋子一趟，我明天可以陪你們，但我覺得要找回阿嬤的東西的機率可能不高……」

米粟看著陳齊文無奈的模樣，安撫道：「有找就有希望，就算真的找不回來，我們也查到許多文花阿嬤的事蹟，例如——」米栗邊說邊打開手機，展示今天在女僕咖啡廳拍的合照給陳家姊弟看。

「給我們看這個幹嘛？」陳齊文湊近，只看到六個穿著女僕裝，露出可愛笑容的女孩。

「她們身上穿的衣服是文花阿嬤縫製的。」吳梓弄立刻解答，兩人聽聞很有默契露出不可置信的呆滯神情。

「我、我阿嬤會做女僕裝？」陳濱文的音量不禁提高許多。

「我知道她做了很多年裁縫的工作，但是應該根本不知道這類的事情吧？」

陳齊文伸手摀住嘴巴，連說好幾聲「不可能，一定搞錯了」。

米栗與吳梓弄似乎很喜歡他們驚訝的反應，過了一會才將妮妮提到的事情說明清楚。

「哇，她居然就這樣幫忙做了六套，而且還挺好看的啊。」陳濱文想看個仔細，他實在很好奇，平常不怎麼客氣的阿嬤縫製的可愛女僕裝到底是什麼模樣。

「天啊，這種事阿嬤從來沒跟我們提過。」陳齊文感嘆幾聲，隨即向米栗說：「這張照片可以傳給我當紀念嗎？」

「現在就傳給你們。等調查結案後，還會集結成資料檔送給你們。」米栗立刻將那張合照傳給陳家姊弟。陳齊文盯著那張照片，有好長時間沒有說話。

「阿嬤的裁縫手藝真的很好，要不是後來眼睛不太好，真的很適合做這種接單客製工作。」陳濱文看著照片，還是很難想像自己的阿嬤能做出這些衣服。

「文花阿嬤生前的工作都是以裁縫為主嗎？」米栗悄悄拿出筆記本做好準備。吳梓弄見他已經準備就緒，決定今天當個聽眾就好。

「她本來在市場租有一間小店，專門改衣服、電繡、訂做洋裝，但是遇到商圈轉移造成收入減少的問題，只好轉往紡織廠當女工。從代工全盛時期到在家接單，一家三口都靠她那雙手做針線活維生。可是她不讓我們知道太多事，所以我們從不曉得她在紡織廠的情形。我有幾件衣服是她親手做的，小學時候有件很漂亮的洋裝，是她拿剩下的布料量身訂做，可是……」陳齊文說到一半，眼神突然黯淡下來。

在場所有人都很貼心等著她緩和情緒。她低頭握拳，深呼吸好幾口氣才接著說：「我跟她大吵一架，因為那時候覺得那件洋裝讓我很丟臉……」

「為什麼？妳不是說是很漂亮的洋裝嗎？」

吳梓弄的提問換來陳齊文一抹苦笑。

「那時候班上有個同學家裡翻修，他媽媽透過介紹找我阿嬤訂製窗簾。對方挑了塊花色很美的布料，後來剩下一點阿嬤覺得扔掉可惜，就拿來做成洋裝。一開始我也很開心，那個布料的花色真的好美，直到隔天穿去上學時，被那個同學指著笑說跟他家窗簾一模一樣。我覺得很丟臉，一回到家就脫掉洋裝丟給阿嬤，說才不要剩下東西做的爛衣服。我沒說在學校發生了什麼事，只看到她露出受傷的表情，安靜地撿起那件洋裝。從此之後，阿嬤就再也沒替我量身做過衣服……」

陳齊文低頭吸著鼻子，覺得眼睛溼潤不已，但不想讓在場的人看見自己落淚。米粟適時地送上衛生紙，沒有多說什麼，留給她一點平復心情的空間。

她低頭擦完眼淚，沉默好一段時間才抬頭，帶著泛紅的雙眼說道：「看到照片裡那六個穿女僕裝的女孩，好羨慕喔……」

她的笑容很苦，所有人都安靜地陪伴她舒緩情緒，但好不容易收回的眼淚一下子又落下來。

「那件洋裝其實很漂亮，不過就是跟人家的窗簾花色一樣而已，有什麼好氣的。要是可以重來，真想反嗆那個嘲笑我的同學，跟他說我阿嬤超強，可以自己做衣服，遜咖！以為家裡有錢就可以這樣笑別人嗎！大——遜——咖！」陳齊文像在發洩一樣，連罵那連名字也不記得的小學同學好幾句，「啊，真舒暢，罵一頓後好一點了……」

她眼角掛著眼淚，嘴角帶著爽快的笑意。米栗不禁也跟著笑了，低頭抄寫重點時又冒出另一個疑問，「那件洋裝後來去哪了？」

陳齊文看向弟弟，眼神裡充滿困惑。陳濱文馬上讀懂，也跟著搖頭說：「我不知道阿嬤後來到底收去哪了。」

陳齊文神情失落地問道：「之前整理遺物的時候也沒看到嗎？」

「沒有。而且都多久以前的事，阿嬤每年大掃除都會瘋狂斷捨離，搞不好那時候就丟了。」陳濱文再次婉惜地搖搖頭。

「也是……」陳齊文又安靜了一會，才轉向米栗說道：「我明天晚上想回海景華廈一趟，你們要一起嗎？」

「當然沒問題，為什麼突然想回去？」米栗不會拒絕這個機會。這是他第一次直接接觸死者最後所在的地方，會發生什麼事目前還難以預測。

「上次回去收阿嬤的遺物時覺得很難過，只想快點收完快點走。現在我覺得應該再回去看看，說不定就能找到線索。」陳齊文的神情比剛才要柔和很多。

米栗大概是受到影響，笑容也多了幾分溫柔。

一行人在十二點多的時候結束訪談，約好明天晚上在海景大廈前會合。送走陳家姊弟後米栗鬆了口氣，靠在床沿一臉疲倦地席地而坐。

「好累喔，感覺今天做了好多事情，腦袋運轉過度了。」米栗閉著眼，語氣緩慢地說道。

「加上下午在女僕咖啡廳的訪談，今天好像是我認識你到現在，訪談量最大的一次。」吳梓弄開始幫忙收拾，轉眼間就把筆電和矮桌統統歸位，只剩下依然靠在床沿，兩腳開開仰頭休息的米栗。

「喂，先去洗個澡再睡啦！這樣會睡到天亮喔。」吳梓弄拉起米栗，還伸手揉捏他的臉頰。

可惜體力與腦力耗盡的米粟已經徹底入睡，被拉起時還軟綿綿地發出低吟。

「真是的……」吳梓弄眼看已經不可能叫醒他，只好改將米粟往床上帶，還好心幫忙蓋好被子、調整枕頭。

「話說回來，到底是對我太放心，還是真的太累？平常都會想先把我趕出房間，現在倒是睡得很大方啊。」吳梓弄雙手扠腰看著睡得正熟的米粟，不禁感慨這時候米粟才像個十七歲的高中生。

他腦海裡跑過認識至今的種種，如果要說改變的話，應該是米粟和他親近不少。米粟不是個會隱藏情緒的人，對自己某些言行感到嫌惡時也總是很不客氣。

吳梓弄這時露出連自己都沒察覺的長輩微笑，「話說回來，這傢伙今天還整我呢……」

檢查完三樓一切後，吳梓弄就關燈準備下樓，關上門前還不忘對裡頭輕聲說「晚安」。

睡得相當熟的米粟翻過身，發出細微的呻吟後呢喃著：「陪我玩……陪我玩……」

米栗眉頭緊皺，類似的夢境從國中開始經常反覆出現，「有個人」陪著他玩耍，但到中途就會消失不見。他總在夢裡拚命尋找，每次地點都不同，遊樂園、學校、街道、百貨公司，夢裡最後都空無一人，每次醒來就會產生被遺棄的心情。

隔天原本應該是愉快的週日，米栗卻因為這場惡夢，在情緒極差的狀態下醒來。等到意識回籠時，才發現手機正響個不停。

「啊……真糟。」米栗一手掩著還有點痠澀的雙眼，接起手機用嘶啞的聲音回應：「你好。」

「抱歉一大早打給你，聽聲音還在睡覺喔？」來電是個熟悉的女性聲音。

米栗恍惚地思考是哪位，可惜精神不太好一下子想不起來，「妳是……？」

「我是妮妮，我已經連繫上姜心寧了。」

「是找到她本人嗎？」米栗連忙坐起身來，瞬間將剛才惡夢帶來的不適拋得一乾二淨。

「是的，我把你的連繫方式留給她了，也有取得她的同意給你她的連繫方式。」

「妮妮小姐，非常謝謝妳。」米栗就這樣跪坐在床上，對著空白的牆面道謝。

「不用客氣。對了，原來姜心寧一直有與文花阿嬤保持連繫，而且也知道阿嬤已經過世了，我想你們應該可以問到不少事情。」

「原來是這樣，但願從她那邊可以得到好消息……」米栗邊說邊在心裡祈求著。

晚上七點，陳家姊弟與米栗和吳梓弄，準時在海景大廈門口會合。米栗一見面就向姊弟提起姜心寧的事情，吳梓弄也是當下才曉得已經連繫上對方。

「我有先確認過她與文花阿嬤的熟識程度，應該是近期除了李阿公阿嬤以外最密切的人。據說在文花阿嬤過世三天前還有見過面，你們有聽過這號人物嗎？」

陳家姊弟有默契地搖搖頭。陳齊文說道：「可能是阿嬤把我們交給叔公照顧之後才認識的人。」

「這樣說也挺有道理的，那就等明天見面再看情況吧。」米栗聳聳肩，暫時先把這件事情擱在一旁，但是吳梓弄不想放過。

「你明天要跟她見面？什麼時候？」

「跟今天差不多時間，約在這附近一家超商，要跟嗎？」米栗望著吳梓弄問道。

「當然！你可別偷跑。」吳梓弄馬上答應，還拿出手機設好提醒。

米栗已經很習慣他緊緊跟隨，決定先把眼前的事情處理好，朝姊弟微笑說道：「走吧！麻煩你們帶路了。」

一伙人安安靜靜上樓，抵達已經好一陣子沒人進出的六樓之二。陳齊文走在最前頭打開燈光，米栗與吳梓弄這才得以一窺文花阿嬤生前居住的地方。如同陳家姊弟所說，前一陣子已經做過整理，屋內只有幾件大型家具。

「這樣看其實空間挺大的。」米栗環顧屋內，開始探索每一處。

「其實這裡住我們三人還有空間。雖然只有兩間房間，但當時隔出了另一間房間，讓我們三人都有隱私空間。在這個小小家裡一起吃飯看電視，這樣的生活很幸福呢……」陳齊文來到沒搬走的長沙發前，上頭已經有一層灰，只能看著不能坐下。

「文花阿嬤會在家裡做裁縫的工作對吧？」米栗來到窗前往下探，隔著鐵窗可以看到下方的庭院，能想像白天採光相當不錯。

「她的裁縫車放在你站的位置，旁邊還放了個三層鐵架，都是做裁縫用的工具跟布料，如果接單量大就會滿地都是線頭跟棉絮。濱文有鼻子過敏的老毛病，經常打噴嚏打個不停。」陳齊文聊起回憶的神情相當愉悅，過程中陳濱文幾乎只是應聲跟微笑。

「她的房間是哪間呢？」吳梓弄站在並排的木門前問道。

「右邊那間，左邊是我跟弟弟的房間。」陳齊文先打開左邊房門，房間中間有張把房間一分為二的遮光落地窗簾。顯然是考量到要共享採光，分隔線以窗戶為基準，因此左邊空間稍微小了一點，但作為有床跟書桌的房間綽綽有餘。

「你們是怎麼決定房間的？左右兩邊不一樣大呢。」米栗好奇心滿滿地在房間內走來走去，想像著這三人的生活情景。

陳濱文搶著解釋：「猜拳。而且我運氣不好猜輸了，只能挑小的那邊。」

「誰叫你要出什麼都寫在臉上。」陳齊文笑了笑。

姊弟兩小小鬥嘴了一下後，一行人又前往文花阿嬤的房間。屋內只剩下床架與桌子，已經完全看不出文花阿嬤生前的生活痕跡。

「阿嬤的房間超乾淨，靠牆角落本來放了個簡易衣櫃，裡面永遠都只有五套衣服在換穿。」

陳齊文像個導覽員，又走向另一個角落說道：「這裡本來有個櫃子，她在這邊放了很多我們以前的合照，有阿公、爸爸、媽媽，還有剛出生的我們。有時候我覺得照片是很偉大的發明，可以把畫面保留下來，證明那個人存在過，也讓我們不會忘記這些家人的長相。」

「我做調查最常收集到的就是照片，而且一張照片就會有很多故事可以記錄。」米粟完全認同姊姊的想法，透過姊弟的介紹，可以漸漸想像出文花阿嬤在這裡生活的模樣。

「李阿公說文花阿嬤在學弟國三的時候，把你們交給她弟弟扶養，所以一年多前就開始自己住了吧？」米粟慢慢走到房間中央，想像一個人住在這裡是什麼感覺。雖然坪數不大，但對獨居老人來說還是很空曠，連走路都會有回音。

「她不覺得寂寞嗎？突然少了兩個人，不會想你們嗎？」米粟閉眼想像著。

那個總是脾氣很衝、很直接的老人家，既然早早就替孩子們做好打算，一定也早有心理準備要獨自生活。知道未來會變成一個人，或許就不會那麼寂寞了。

陳家姊弟望著他，一臉茫然地同時搖頭。陳齊文說道：「我不曉得她心裡到底怎麼想，而且每次週末回來陪她吃飯，總是剛吃完就急著想趕我們走，要我們快點『回家』。我曾對她說『這裡也是我家啊』，卻被大罵叔公那邊才是家。」

「妳就是老跟阿嬤吵架，每週才一次的吃飯時間都變得有點尷尬……」陳濱文聞言在一旁小聲嘟囔，隨即招來陳齊文不悅的回瞪。

「怪我囉！你不也很不爽阿嬤每次都這樣趕我們嗎？有次我們打算賴著不走，她直接打電話給叔公，叫他來接我們回家。那次尷尬到連再見都不想說，你忘了嗎？」

被陳齊文這麼責備後，陳濱文重重地嘆了口氣，「現在回想起來，阿嬤簡直像故意要我們討厭她一樣。她本來脾氣就很衝，那段時間更難相處，想想就氣。」

四人就這樣陷入沉默。米栗在此時慢慢走向外頭，駐留在曾是客廳的位置，蹲下輕輕撫摸老舊的米白色地磚，「李阿公阿嬤說，文花阿嬤就是倒臥在這裡，過了一天才發現已經過世。不曉得她那一瞬間在想什麼呢？」

「我也很想知道。」陳齊文以帶著嘶啞的聲音說道。

「可惜只有她自己知道了……」米粟想到這點特別能感同身受。

有沒有什麼話想對這對姊弟說呢？會不會瞬間想起有什麼事情沒交代到，卻已經來不及了呢？走的時候很難受嗎？那時候身邊有人馬上送她去醫院的話，說不定現在還活著吧？

還活著的人總會忍不住反覆想著這些如果，卻永遠也無法改變，永遠也不會有解答，只留下惋惜跟後悔。

「我們這樣看過一遍都沒找到盒子，會不會是不小心混在你們收拾好的遺物裡？」米粟沉思一會後問陳家姊弟。

「我們整理的大部分都是雜物。是有一些貴重物，不過都是來不及拿去銀行存的零錢，不算是很可觀的錢財。而且沒人知道阿嬤說留給我們的到底是哪些東西。」陳齊文搖搖頭，眉頭又皺了起來。

「線索真的不多，只能寄望明天姜心寧的訪談了。」米粟思考剛才隨手記錄的重點，最重要的禮物盒依舊沒有任何進展。雖然一開始就與陳濱文說過不能保證一定找得到，但隨著深入調查後，他也漸漸產生想找到禮物盒的念頭。

「希望明天有好消息。」米栗將筆記本收拾好，對著一臉惆悵的陳家姊弟安撫道。

「明天的狀況會隨時跟你們報備。」吳梓弄也感受到他們低迷的情緒，貼心地拍拍陳濱文的肩膀。

「先謝謝你們了。」陳齊文與陳濱文向他們慎重地微微彎身行禮。

彷彿被交付重責大任的米栗與吳梓弄，不約而同在心裡祈禱，希望姜心寧能讓事情有所進展。

隔天晚上六點半，吳梓弄和米栗準備前往與姜心寧見面。恰好是家家飯館忙碌的時間，吳爸爸看到他們兩人準備出門，忍不住出聲叫住他們：「你們兩個最近都在忙什麼啊？老是晚上出門。要留晚餐嗎？」

「爸，我們回來可能很晚了，你留一些菜給我們當宵夜好了。今天沒辦法幫忙真抱歉。」吳梓弄看著老爸忙得滿頭大汗的樣子，心裡有那麼一絲愧疚，但也不放心米栗一個人處理委託，只好讓老爸辛苦一點。

「今天生意還扛得過來，倒是你們別太晚回家，注意安全。」

「會啦，我跟米栗先出門囉！」吳梓弄草草結束與老爸的交談，帶著米栗騎車出發。

吳梓弄發動車子離開家家飯館，直到過了兩個路口後，米栗才突然說道：「我其實有點羨慕你。」

「好好的怎麼突然說這些。」吳梓空看著交通號誌從黃燈轉為紅燈，緩緩放慢速度。

「可能是最近調查文花阿嬤的生前記錄受到影響，看到你還可以跟雙親聊天，被關心有沒有晚飯吃的樣子，有點羨慕……」

吳梓弄聞言垂下眼思考一會後，突然低聲嘀咕：「等等我打給我爸，請他留兩根雞腿給你當宵夜好了。」

「啊？為什麼突然這麼說？」米栗很是困惑，剛才的對話前後文根本毫無關係。

「因為我想不到怎麼安慰你啊。」吳梓弄噘起嘴，安靜好一會之後才說：

「這種我有你卻沒有，又讓你觸景傷情的事，我這一陣子也感觸特別深。不知道是不是因為這樣，爸媽都說我最近溫柔很多，反而擔心我是不是出了什麼事。」

想起前幾天雙親的擔憂，吳梓弄不禁大笑幾聲，「沒想到陪著你跑這些調查，心境也會受到影響。昨天跟陳濱文他們解散後回家，你知道我直到睡前滿腦子都在想什麼嗎？」

「什麼？」米粟有點好奇，覺得今天的吳梓弄感性到爆表，令他有點害怕。

「只要想到人的一生有限，無論是跟你還是跟爸媽，過一天等於又少掉一天相處的日子，就覺得有點捨不得。你看，文花阿嬤就這麼突然過世，連句再見都來不及說。我昨天睡前真的想太多，而且越想心情越差，然後就……」吳梓弄沒有把話說完，尾音拖得有點長。

「然後怎樣啊？」米粟被他吊足胃口，非常好奇地追問。

「然後我就忍不住掉了幾滴淚啦，吼——」吳梓弄懊惱地說道，米粟這時才注意到他的耳尖居然發紅了。

「哈哈哈哈。」米粟忍不住大笑，笑到全身都在顫抖。

「笑什麼啦！我很認真在跟你分享我的心境哎。」

「我知道啊，只是覺得……」米粟又笑了好一陣子才接著說：「從我高一成立這個祕密社團之後，三不五時就會這樣想。」

米粟說完後還是笑個不停。吳梓弄雖然覺得臉還是很熱，但的確有受到一點安慰，原來他們的想法這麼類似。

就在這時，他們與姜心寧約好碰面的地點越來越近。

第十章

尋找最後的禮物盒（五）

姜心寧是個很嬌小的女孩子，穿著打扮像剛升上大學，但實際上已經超過二十五歲。透過妮妮事先說明，米栗大致知道她與文花阿嬷幾乎三天兩頭就會見一次面。

不過米栗對姜心寧的第一印象，卻是她會刻意與人保持距離，甚至可以說是非常冷淡，值得慶幸的是至少有問必答。

「妳與文花阿嬷是怎麼認識的呢？」米栗在超商附設的休息區內，問坐在對面位置的姜心寧。吳梓弄這次負責記錄的工作。

「大概是十年前打工時認識的。我們住得很近，有段時間我會和文花阿嬷一起上下班。」姜心寧說話的音調沒有任何起伏，語氣聽起來甚至有點冰冷，讓人無法判斷情緒，因此米栗提問時特別小心。

「一起上下班維持多久呢？」

「我高中就一直在那家紡織廠工作，從工讀變正職。工廠有段時間接單量很少，滿多人被資遣，我也是其中一批。文花阿嬷則有留下來多做幾年。」姜心寧的語氣維持一貫的平淡。因為不太有感情，讓負責記錄的吳梓弄覺得很像在開會。

米粟倒是很自在地不停提問：「妳大概是幾年前被資遣呢？」

吳梓弄擔憂姜心寧會因此感到不悅，但她依然保持冷靜照實回答：「大概是五年前。其實公司有詢問我們要不要留下，如果留下得減薪。畢竟減薪殺傷力很大，當下滿多人選擇離開，文花阿嬤則決定留下來。我勸過她一起走，還有資遣費可以拿，但文花阿嬤說自己年紀大了，要再找到願意雇用她的工作很難，加上還有兼職，減薪的影響不大。」

「雖然是殘酷的事實，但的確能理解文花阿嬤的考量。」米粟點點頭，又追問道：「妳知道她的兼職是什麼嗎？」

「她在附近市場有租個小店面。她工作時間很長，早上去開店，中午就來工廠。工廠是按件計酬，只要做完當天的量就可以下班。聽說她晚上還接著做額外接的單，有時候工廠忙不過來的零散單也會帶回家做。我還在工廠的時候，她因為市場客人銳減，有段日子整天都在紡織廠工作，休假才會去自己的店接熟客的單。總之對她的印象就是不停工作，好像被錢追著跑，完全不敢停下來的樣子。」

姜心寧說到此，情緒終於有一絲變化，帶著淡淡的惋惜與無奈。

「妳跟文花阿嬤是單純因為住得近，所以變親近嗎？我們調查後發現文花阿嬤的交友很單純，甚至只能說社交不多。再加上她是個很有個性的人，相處似乎需要一點耐心……」

「你就直說文花阿嬤脾氣差吧！」姜心寧難得地發出笑聲。

「她就是說話不中聽，但對人很好。一開始會以為她很討厭你，後來才發現她對每個人都是這種態度。工作量太多會直接跟主管吵架，知道我們這些小朋友權益受損也會主動出面幫忙爭取。以前妮妮曾說過如果阿嬤生在古代，搞不好是個武功高強的俠女。可是就是這種個性，讓她吃過很多虧。

「例如我剛到職那兩個月，搞錯了縫製要求，整整兩百多件都縫錯差點來不及交貨。本來想要跟主管承認，結果被她搶先把錯全攬在身上。雖然可以拆掉重縫，但相對就要無償加班，到了月底結帳時薪水還是算在我身上。兩千塊並不是一筆小數目，等於在做白工。」

姜心寧的表情比起剛才更柔和些，沒有那麼強烈的距離感了。

「文花阿嬤真的是很講義氣，類似的事蹟不少。」吳梓弄翻著先前的記錄感嘆道。

「前提是要能習慣她的脾氣。她說話很不留情喔，不過也可能是太過中肯，才會讓人感到不舒服。人都想聽好話，偏偏她老是說實話。」姜心寧忍不住苦笑。

「妳最後一次見到文花阿嬤是什麼時候？」米栗這個問題剛說出口，便換來姜心寧的沉默，她甚至眼神失去焦距盯著桌面不放。

就在米栗打算換題目時，姜心寧緩緩開口說道：「是她過世四天前，那天我帶了些我媽寄來的蔬菜水果去給她，結果被留下來吃晚餐。她完全是強制把我留下，讓人無法拒絕的那種程度。」

姜心寧又陷入沉默，望著前方的透明玻璃窗好一會才說：「我感覺那頓晚餐她有點寂寞，但又不願意承認。我知道她把孫子都給自己的弟弟領養了，在之前也聽她說過煩惱年紀越來越大，兩個小孫子沒人照顧的事情。她還會一直勸我，不管有沒有結婚，手上都要存一點錢，顧好自己的生活最重要。」

「文花阿嬤大概是什麼時候跟妳提這些事啊？」本來負責抄寫的吳梓弄忍不住打斷她問道。

「如果要說明確的時間點，大概是我被資遣後。每次見面她就會苦口婆心勸我為自己將來做好打算，直到最後一次吃晚餐，還是講同樣的話。只是那次她多了點自豪，說不用煩惱兩個小孫子的未來，可以安心放下了……」姜心寧說到最後忍不住哽咽，馬上低下頭不讓對面兩人看見她的臉，但是微微顫抖的身軀，以及不斷落在桌上的水珠，都告訴米粟與吳梓弄她正在哭泣。

米粟只是安靜地送上一包面紙。吳梓弄對於別人的情緒特別容易共情，乾脆別過臉當作沒看見，但還是忍不住鼻酸了。

之前訪談過與文花阿嬤有關的每個人都說，她走得很突然，什麼話都沒留下，讓人感到遺憾，但姜心寧這番話讓吳梓弄明白文花阿嬤已經交代好遺言，只是沒能當面讓陳家姊弟聽到。

姜心寧調適情緒的速度算快，雖然泛紅的眼眶掩飾不了悲傷，但約莫五分鐘後就能重新與他們交談。

這段訪談持續兩個小時左右，文花阿嬤的模樣也越來越清晰。只可惜文花阿嬤的交友情況太過封閉，米粟認為案七十一號應該這兩天就會結案，不過還是有件事沒能得到解答。

「姜小姐，我想時間也差不多了，解散之前還有件事想確認。」米粟的口吻很是慎重，讓對方的神色也跟著嚴肅起來。

「文花阿嬤是否有向妳提過，她留存了一些物品的事情呢？」

「嗯……」姜心寧想了想才說：「她沒有跟我提過有留什麼東西要給孫子們。」

米粟露出惋惜的神情說道：「是嗎？真可惜，那說不定是混在其他遺物裡了。」

「或許是吧。」姜心寧嘆了口氣。這場訪談就這樣帶著些許遺憾結束。

米粟與吳梓弄返家時已經是晚上十一點，他們從必須經過飯館廚房的後門進屋。

吳梓弄一打開電燈，就看見那臺業務用冰箱外頭貼了張翻面的月曆紙，以黑色簽字筆寫著「**孩子們，晚餐在冰箱裡，要吃的時候拿出來熱一下**」。

這明顯是吳爸爸的字跡，吳梓弄循著指示打開冰箱，果然看見裡面放了兩個塞滿起碼四人份熟食的大保鮮盒。

「大放送哎！香腸、滷雞腿跟兩尾炸魚，還有一堆配菜，都是我愛吃的。」

吳梓弄看著菜色，喜孜孜地笑道。

「這麼晚了，吃這麼油好嗎……」米栗看了一眼，面有難色地低語。

「你剛才訪談時也沒吃什麼吧？多少吃一點吧！別辜負我爸的好意。」

「好吧……」米栗摸摸肚子，雖然沒有那麼餓，還是決定捧場一下。

兩人就這樣拎著吳爸爸的愛心宵夜爬到三樓，決定一邊吃一邊整理這幾日來所有的調查內容。米栗坐在自己的位置，看著吳梓弄張羅宵夜的動作陷入沉思。

「等等把這幾天的細節整理好，應該是可以結案了。」吳梓弄夾起滷雞腿咬了一口，帶著惋惜邊咀嚼邊說道：「可惜沒有找到禮物盒……」

「不，我知道禮物盒的下落了。」米栗說完後，隨即夾起荷包蛋放在蓋子上，動作緩慢地撕下一小塊往嘴裡塞。

「你怎麼知道的？我看這些記錄裡沒有線索啊。」吳梓弄立刻拿起筆記本快速翻過一遍，就是沒有找到關鍵字。

「禮物盒應該被姜心寧拿走了。」米栗微微皺起眉解釋。

「你說話要小心啊！萬一搞錯會被當作是你誣賴她。」吳梓弄俯身壓低聲音提醒。

「她其實在剛才的訪談不小心暴露了。」米栗邊說邊拿過筆記本，翻開姜心寧的部分，指著其中一句說：「我只有問文花阿嬤是否有留下什麼東西，她卻肯定地說沒聽說過有留什麼東西給孫子們。我從頭到尾都沒說過跟孫子有關。」

「啊……」吳梓弄恍然大悟連忙點頭，「她說溜嘴了。」

「現在有點麻煩的是，如果直接點破這件事，萬一沒有證據或者她早就把禮物盒變賣了的話，很有可能造成不必要的糾紛。」

吳梓弄不禁大大地嘆口氣說道：「畢竟文花阿嬤只有口頭提過禮物盒這件事，她已經過世根本死無對證。如果直接問姜心寧反而對我們不利，可能還會搞砸這件委託。」

「有幾分實質證據就說幾分話。我打算明天跟陳濱文他們當面結案，至於禮物盒……只能用接受訪談的對象都不知情說明。」

「所以你也不打算讓陳濱文他們知道姜心寧可能有所隱瞞？」

「就如實記錄她的回答，以不多做猜測為優先。」米栗盯著姜心寧的訪談記錄，雖然很在意也感到無比可惜，但這是目前唯一的選擇。

「我覺得這樣陳家姊弟也不會知道禮物盒被姜心寧拿走了，這個安排可能是最好的方式，但感覺很遺憾，真鬱悶……」吳梓弄噘著嘴，卻無法反對米栗的打算。

兩人就這樣決定將案七十一號，文花阿嬤生前調查的委託正式結案。找回禮物盒一事只能以沒有線索作結，為這次調查留下個不怎麼讓人滿意的句號。

米栗當晚就把文花阿嬤的生前調查記錄整理成冊，並與陳家姊弟約好隔天晚上於海景華廈見面。

他抱著那本厚重的資料夾，與吳梓弄前往赴約。雖然收穫豐富，但想到禮物盒沒有找回來，心裡還是感到非常可惜。在通知見面時，米栗便向陳家姊弟事先說明禮物盒依然下落不明，他可以想像這兩人有多失望。

他們抵達六樓時，就看見陳家姊弟已經站在六樓之二門前，身旁還有李阿公阿嬤，四人正在熱絡交談著。

「你們來了！李阿公說可以進他們家裡坐著聊，現在阿嬤家什麼都沒有，只能站著不方便。」陳齊文看著緩步靠近的兩人說道。

「也好，我正擔心得花不少時間，一直站著會累。」米栗說道。

這時陳家姊弟與李阿公阿嬤不約而同將視線放在他懷中的資料夾上。

「這些都是文花生前的記錄嗎？」李阿公瞪大雙眼問道。

「是啊，整理起來還不少，包含照片、訪談等等，文花阿嬤的朋友和家人對她的回憶都收在裡面了。」米栗將手中的資料夾展示給他們看，神情親切地笑道。

「很期待裡面的內容。」陳齊文看著資料夾若有所思。她與弟弟都難掩一絲遺憾，掛記著禮物盒下落不明的事實。

「我們就進去——」米栗話還沒說完，突然聽見遠處有動靜。

有個人在遠處大喊道：「等等。」

所有人同時望去，這才發現來人是姜心寧，她的手上捧著個鐵製工具箱。

「她是……？」陳濱文看著對方慢慢靠近，不禁疑惑地問米栗。

「她叫姜心寧，是文花阿嬤生前在紡織廠認識的同事。」米栗緊盯著姜心寧的舉動，現下看不出來對方有何打算，他決定靜觀其變。

姜心寧的步伐很慢，期間頻頻露出猶豫與尷尬的神色。直到來到眾人面前，她的目光掃過所有人，最後落在陳家姊弟身上。

雙方就這樣互看數秒，姜心寧一臉凝重地朝陳家姊弟行禮說道：「對不起，我偷了文花阿嬤的東西，是來歸還給你們的。」

姜心寧在說完的同時，將手上那個尺寸不小的鐵製工具箱遞到陳家姊弟面前。

米栗看著這一幕不禁感到意外，他本來已經不寄望禮物盒能找回來，沒想到姜心寧居然主動坦承。這還是第一次在生前調查的結案日，氣氛卻這麼緊張詭譎。

所有人擠進李阿公阿嬤家客廳裡。因為只有一座長沙發，連李阿嬤收在廚房的折疊椅都派上用場，整個空間很是擁擠。姜心寧被單獨安排在面對眾人的位置，她低頭抱著懷中的工具箱，呈現心虛的模樣。

陳齊文頻頻用不友善的視線瞪著她。一旁平常總是禮讓姊姊的陳濱文成了緩頻的角色，不顧還有旁人在場，直接握住陳齊文的肩膀語重心長地說：「我來處理就好，姊妳冷靜點。」

陳齊文很想反駁，但弟弟鮮少敢忤逆她，令她感受到弟弟的慎重，只好選擇退讓。

「姜小姐，請問……妳是怎麼拿到這樣東西，知道裡面放了什麼嗎？」陳濱文低聲詢問。

姜心寧低著頭好一陣子，陳濱文正想再問一次時，她終於抬起頭面對眾人。

「我之前有空就會來陪文花阿嬤吃飯，順便帶一些蔬菜水果分送給她，偶爾有應付不來的裁縫外包也會來請教。文花阿嬤經常提到有留一些東西給孫子們，有幾次特別提到這些東西很珍貴，想留給你們當作未來的經濟支援，聽起來是留了很有價值的東西。」

姜心寧停頓一會，不安地說：「有次文花阿嬤不小心透露這個工具盒的位置，看她很小心、很慎重地收在隱密處，我就想東西一定都收在這裡面。大約是她過世前一個月，我趁著她不注意拿走工具箱，為了不讓她懷疑，我還是只要有空就來找她聊天吃飯，她也從沒再提起工具箱的事。一直到過世四天前，我剛好休假來陪她吃午餐時，她突然提起有東西不見了。」

姜心寧說到這裡再次低下頭，因為壓抑心虛而微微顫抖。陳齊文簡直快失去耐性，在弟弟的眼神示意下，乾脆別過頭不看這個人。

姜心寧調整好心情後才繼續開口：「那天文花阿嬤跟我說，她有個很寶貝的盒子長腳跑了，裡面裝著要留給孫子們的重要禮物，真希望盒子能自己回家。文花阿嬤像是在閒聊一樣，還笑著說大概是自己不知道收到哪裡去了，我也應和她或許有空再仔細找找。可是事後想想，那天文花阿嬤其實在等我坦白，她知道工具箱是我偷的，但沒有直接指責我……」

姜心寧將工具箱放到茶几上，依舊低著頭不斷大口喘氣。

「我本來想找一天偷偷拿來歸還，可是沒想到那天是最後一次見到文花阿嬤……」姜心寧說到此處，雙手仍舊抖個不停，心虛與後悔的情緒湧上心頭，眼淚就這樣不斷落下，小小客廳裡充斥著細微的啜泣聲。

「她過世之後我每天都睡不好，一直夢見她坐在椅子上對我微笑，問我知不知道工具箱在哪裡，想開口回答時夢境就會中斷。醒來就會意識到，再也沒機會向文花阿嬤說實話了。之前你們連繫想談文花阿嬤的事情時，我一度以為是偷走工具箱的事被發現，後來才曉得你們也在找工具箱的下落。其實在訪談的過程中，我有好幾次都想坦白這件事，可是一直無法說出口。本來今天是想偷偷歸還的，但既然你們都在，說不定就是要我面對這個錯誤。」

姜心寧終於抬起頭望著陳家姊弟，淚眼婆娑地說道：「對不起，我欺騙了你們阿嬤，還偷她的東西……」

陳濱文與陳齊文並沒有回應她的道歉，陳齊文甚至別過頭不想理會，一度讓場面相當尷尬。

「工具箱裡面的東西我都沒拿，這點可以保證，真的很對不起……」姜心寧明白自己犯錯，就算對方不願意接受，她還是想再次表達歉意。

陳齊文這時瞄了她一眼說道：「這句話應該說給我阿嬤聽才對，不過她已經聽不到，妳也沒機會說給她聽了。」

姜心寧沒有反駁，而是垂著肩膀相當沮喪。

「就當作是懲罰吧！我不能代替阿嬤接受妳的道歉。這盒子本來就屬於我們，歸還是理所當然的事。請妳離開吧，我現在最底線就是不想再看到妳，這樣的話，現在可以不計較偷了我阿嬤遺物的事。」

姜心寧起身朝所有人躬身行禮後，帶著沉重的步伐離開。

現場則瀰漫著一股既尷尬又壓抑的氣氛，沒有人開口，但每個人的視線都落在那個鐵製工具箱上。

「姊，我們打開來看看吧。」最終還是由陳濱文擔任緩和氣氛的角色。

「你開吧。」陳齊文在姜心寧離開後，沒了剛才怒氣騰騰的情緒，失魂落魄地直盯著那個工具箱。

「阿嬤怎麼會想把東西收在這裡面呢？雖說箱子夠大，是可以放很多工具啦。」陳濱文帶著苦笑，拿鑰匙小心翼翼地解開鎖扣。

他們終於有機會一窺文花阿嬤究竟留了什麼給陳家姊弟。

工具箱有兩層，上層放著幾件純金打造的飾品，有戒指、耳環、手鐲，樣式相當古老，應該極有可能是文花阿嬤年輕時的嫁妝。下層則有個信封袋，從突起的形狀看來應該是鈔票。陳濱文並沒有拿出裡面的東西，而是小心地目視觀察。

而壓在最下面的是件碎花洋裝。陳齊文一看到那件折疊整齊，還用塑膠袋裝好的衣服，再也憋不住，連忙搶過來攤開。那是件童裝，米粟與吳梓弄馬上就明白這件衣服的來歷。

「她怎麼還留著啊？幹嘛還留著啊……幹嘛這麼寶貝的收著啊……」陳齊文

抓緊那件童裝，仰頭哭了起來。

就是那件當年被陳齊文狠狠扔回去，與同學家窗簾相同款式的洋裝，沒人曉得文花阿嬤為什麼這麼珍惜這件陳齊文早就穿不下的童裝。陳齊文本人更無法理解，不知所措地抓緊那件衣服不停落淚。

案七十一號，陳文花阿嬤的生前調查在這天晚上正式結案，順利找回了委託人心心念念的禮物盒，而這些都將被記錄在調查室檔案裡。他們將收集成冊的生前記錄交給陳家姊弟後，就與眾人道別返家。

但米粟與吳梓弄還是若有所思，老覺得還少了點什麼，心中仍有那麼一點疑惑。

吳梓弄睡不著，洗完澡後又窩去三樓看米粟將文花阿嬤的資料結案歸檔。米粟被盯得很不自在，頻頻回過頭與對方四目交接，想問到底怎麼回事，卻又覺得該給他安靜的時間，於是有好一段時間兩人都沒有說話。

「我很好奇文花阿嬤為什麼沒有把那件洋裝丟掉。」吳梓弄靠著床沿席地而坐，看向米粟忙碌不停的身影，心情有些惆悵。

「你從回來就一直很安靜，原來是在煩惱這件事嗎？」米栗已經整理完資料，正準備最後梳理一下過程放上群組，轉頭就看見吳梓弄那哀傷的眼神。

「剛才在李阿公阿嬤那邊目睹太過高潮迭起的情況，到現在心情才平復一些。」吳梓弄摸著胸口，口吻仍帶著一絲鬱悶。

「多參與幾次你就會見怪不怪了。」米栗淡淡一笑，與吳梓弄形成相當大的反差。

「所以你認為文花阿嬤為什麼把那件洋裝收在盒子裡？」

「這種事只有當事人才知道吧。不過既然文花阿嬤都說那是留給孫子的心意，表示那件洋裝也有相同程度的意義。換個方向想，也表示文花阿嬤其實一直把當年的事記在心裡，但這對她來說是什麼心情，真的只有本人才知道答案了。」

米栗停頓了一會，略帶困擾地說：「這也是生前調查最難找到答案的部分。我們可以從很多人口中得知死者的故事，卻很難準確推敲出死者真正的想法，不過這樣其實也不是壞事。」

米栗看著自己剛剛輸入的內容，不禁勾起淺淺笑意。

「講這麼感傷的話題，你居然笑出來？」吳梓弄沒錯過他突然勾起的笑意，挨近問道。

「只是突然想到，因為不知道真正答案，所以可以有很多種猜測。例如文花阿嬤可能真的很喜歡那件衣服，或者很希望留下什麼給孫子們當紀念。畢竟那個工具箱被文花阿嬤賦予只收入珍貴事物的意義，在這個前提下，那件好看的洋裝就有相同的含意不是嗎？」

米粟露出羨慕的笑意說道：「這也能讓陳齊文有個救贖，一開始提起這段回憶時，她一直感到後悔。文花阿嬤把衣服保存得這麼好，在那一瞬間就等於跟過去那段衝突和解了吧，真好……」

吳梓弄看著米粟難得有一絲黯然神傷的樣子，想起之前對方迴避的問題。

「你想起你哥哥了？」吳梓弄盯著他的臉，輕聲問道。

「嗯……他留下的東西不多，過去有些事情已經永遠無法知道他的想法了。」

米粟惆悵地嘆口氣，看著自己整理的所有委託案件資料夾，這裡面是高達數十位死者生前的記錄。雖然有些謎團已經石沉大海，但每當看到委託人對死者生前某些意外的舉動做出各種反應，心裡就特別羨慕。

就像陳齊文有機會重新面對過去的遺憾，可以填補心裡長久以來的空缺。

「從成立生前調查室到現在，你有查過哥哥生前的事情嗎？」吳梓弄看著他落寞的樣子，難掩憐憫的眼神問道。

「有啊，我最大的遺憾是身為他弟弟，卻一點都不了解他，所以拼湊起來特別困難。」

「總有機會的啦……」吳梓弄輕拍他的肩膀說道，米栗則輕聲嘆息，仍感到失落不已。

「至少因為哥哥的關係，你才有動力成立生前調查室，也讓這些委託人有機會找回那些死者的回憶，是吧？」

「是啊……」米栗在吳梓弄的安撫下，稍微打起精神，又有動力繼續整理文花阿嬤的案件。

這時他無意間看到被編號為零零，沒有公開在群組裡的資料夾。那是專屬哥哥的資料夾，但是內容實在少得可憐。

「對了，我哥還是有留下一些東西給我，『米栗』是他幫我取的小名。我很喜歡這個名字，但總覺得應該還有別的，希望之後有機會可以找到其他遺留的事物。」

「嗯，希望。」吳梓弄依然不停輕拍他的肩。

想起最初對生前調查室的誤解，如今吳梓弄反而希望這個祕密社團能繼續運作下去，而他也一定會盡全力幫助米栗。

這個想法吳梓弄打算先放在心裡，因為他覺得說出來太過矯情，還是以實質行動來證明吧。

——《生前調查報告：放學後特別社課・上》完

高寶書版集團
gobooks.com.tw

輕世代 FW393
生前調查報告：放學後特別社課・上

作　　者　瀝　青
繪　　者　吉　茶
編　　輯　薛怡冠
美術設計　Benben
排　　版　彭立瑋
企　　劃　李欣霓

發 行 人　朱凱蕾
出　　版　三日月書版股份有限公司
Printed in Taiwan
地　　址　臺北市內湖區洲子街88號3樓
網　　址　www.gobooks.com.tw
電　　話　(02) 27992788
電　　郵　readers@gobooks.com.tw（讀者服務部）
傳　　真　出版部　(02) 27990909　行銷部 (02) 27993088
郵政劃撥　50404557
戶　　名　英屬維京群島商高寶國際有限公司台灣分公司
發　　行　英屬維京群島商高寶國際有限公司台灣分公司
Global Group Holdings, Ltd.
初版日期　2023年5月

國家圖書館出版品預行編目(CIP)資料

生前調查報告：放學後特別社課/瀝青著.-- 初版. -- 臺北市：三日月書版股份有限公司出版：英屬維京群島高寶國際有限公司臺灣分公司發行, 2023.05-
面；　公分. --

ISBN 978-626-7152-67-6(上冊：平裝). --
ISBN 978-626-7152-68-3(下冊：平裝)

863.57　　112003362

三日月書版

三日月書版

GOBOOKS
& SITAK
GROUP©

GOBOOKS
& SITAK
GROUP©